Le Livre noir des secrets

L'auteur

F. E. Higgins est un jeune auteur anglais. *Le Livre noir des secrets* est son premier livre et elle travaille actuellement sur la suite : *The Bone Magician*.

F. E. Higgins

Le Livre noir des secrets

Traduit de l'anglais par Remi Stéfani

POCKET JEUNESSE

Directeur de collection
Xavier d'ALMEIDA

Titre original
The Black Book of Secrets

Publié pour la première fois en 2007
par MacMillan Children's Books.

Loi n° 49 956 du 16 juillet 1949 sur les publications
destinées à la jeunesse : mars 2008.

ISBN 978-2-266-17609-5

Pour Béatrix

Non mihi, non tibi, sed nobis

Note de l'auteur

Le Livre noir des secrets de Joe Zabbidou et les mémoires de Ludlow Fitch me sont arrivés entre les mains d'une façon assez étrange. Les manuscrits étaient enroulés et dissimulés dans la cavité d'une jambe de bois. Savoir comment j'ai acquis ce curieux pilon ne présente pour l'instant pas d'intérêt. Seule compte l'histoire que ces documents rapportaient.

Malheureusement, Le Livre noir de Joe et les mémoires de Ludlow n'ont pas traversé les siècles sans dommages, comme j'ai pu le constater en les déroulant. Usure, déchirures et taches d'humidité avaient rendu certains passages illisibles. Les feuillets qui ont résisté – les fragments et les extraits qui suivent – ont été fidèlement reproduits. Je me suis contentée de corriger l'orthographe souvent approximative de Ludlow. Quant aux parties qui manquaient, que pouvais-je faire sinon confier à mon imagination le soin de remplir les espaces vides ?

J'ai ainsi rassemblé les pièces du puzzle du mieux que je pouvais et j'aime à croire qu'avec les faits dont je disposais, j'ai réussi à m'approcher de la vérité.

Je ne suis donc pas l'auteur de cette histoire, mais seulement le messager par lequel elle aura transité, pour parvenir jusqu'à vous.

F. E. HIGGINS

Chapitre un

Extrait des mémoires de Ludlow Fitch

Quand j'ouvris les yeux, je compris que ce que j'avais vécu de pire au cours de ma misérable existence n'était rien à côté de ce qui m'attendait. J'étais couché sur le sol glacé en terre battue d'une cave, éclairée par une unique bougie dont la flamme vacillante annonçait la fin prochaine. Des instruments de chirurgie pendaient à des crochets plantés dans les poutres. Sur le sol, des taches noirâtres me firent penser à des traces de sang. Mais c'est surtout le fauteuil, placé le long du mur opposé, qui confirma mes craintes. D'épaisses lanières de cuir, fixées à ses bras et à ses pieds, n'étaient là que dans un seul dessein, évident : maintenir le patient récalcitrant. M'man et P'pa se tenaient debout au-dessus de moi.

— L'est réveillé, glissa M'man avec une lueur d'excitation.

P'pa me força à me lever. De sa poigne de fer, il me tordit

le bras dans le dos. M'man m'agrippa par les cheveux. Je les regardai l'un après l'autre. Un grand sourire éclairait leur visage, à quelques centimètres du mien. Je compris que je ne devrais pas compter sur eux pour me faire grâce.

Un autre homme, jusqu'alors dissimulé dans l'ombre, s'avança et me saisit par le menton. Il m'obligea à ouvrir la bouche et fit courir sur mes gencives un doigt noir de crasse, au goût infect.

— Combien ? demanda P'pa.

L'espoir se lisait sur son visage cupide.

— Pas mal, répondit l'homme. Trois pennies chaque. Je dirais une douzaine pour l'ensemble.

— Ça marche. De toute façon, qui a besoin de dents ?

— Quelqu'un, j'espère, ironisa l'homme. Faut que je les vende si je veux en vivre.

Et ils éclatèrent de rire tous les trois, M'man, P'pa et Barton Gumbroot, le célèbre chirurgien-dentiste d'Old Goat Alley.

Quand ils se furent mis d'accord avec Barton sur le prix de mes dents, ils agirent rapidement. Ensemble, ils m'entraînèrent vers le fauteuil du chirurgien. Je donnais des coups de pieds, je hurlais, crachais, mordais. Je n'avais pas l'intention de leur simplifier le travail. Je savais comment Barton Gumbroot gagnait sa vie. Il abusait des pauvres, leur arrachait des dents qu'il payait un penny pour les revendre dix fois plus. Une terreur affreuse s'empara de moi. J'étais seul, sans défense. Rien ni personne ne pourrait m'épargner la douleur atroce que je ressentirais bientôt quand il me cisaillerait les nerfs.

Ils se rapprochèrent encore pour accomplir leur tâche démoniaque. Pendant que P'pa s'efforçait de me tenir collé au siège, M'man, dont les mains tremblaient après ses excès de boisson de la veille, se démenait pour serrer la courroie autour de ma cheville. Quant à Barton Gumbroot, ce monstre répugnant, il rôdait autour de nous, impatient. Sa pince brillait entre ses mains. Il la faisait claquer en l'ouvrant et en la fermant, encore et encore. Il ricanait et de la salive coulait de ses lèvres. À présent, je suis convaincu que son plus grand plaisir dans la vie était d'infliger de la souffrance à ses semblables. D'ailleurs, il ne résista pas longtemps. J'eus à peine le temps de le voir venir que je sentis la froideur métallique de son instrument de torture enserrer une de mes dents de devant. Il appuya son genou contre ma poitrine et commença à tirer. Vous décrire la douleur qui me traversa le crâne, le cerveau et chacune des terminaisons nerveuses de mon corps serait impossible. J'eus l'impression que quelqu'un m'arrachait la tête. Quand ma dent remua un peu dans ma mâchoire, un élancement d'une violence inouïe provoqua une explosion incandescente sous mes paupières. Un rire de déments secoua M'man et P'pa.

La rage me souleva, pareille à une vague gigantesque. J'entendis mon propre rugissement, digne d'une bête sauvage, et je fus saisi d'une furie incontrôlable. De ma jambe libre, je lançai un coup si terrible et si bien ajusté dans l'estomac de P'pa qu'il s'écroula aussitôt sur le sol. Barton, surpris, laissa échapper sa pince. Je la ramassai et l'en menaçai en frappant de grands coups en l'air, tout près de sa tête. Je dégageai mon autre jambe et sautai du siège.

P'pa, toujours à terre, poussait des gémissements. Barton s'adossa au mur, protégeant son visage de son bras. M'man se blottit dans un coin de la pièce.

— Ne me frappe pas, supplia-t-elle, ne me frappe pas.

Je reconnais que je fus tenté de le faire, mais, avant tout, je devais saisir la chance qui m'était offerte de m'échapper. P'pa commençait à se redresser. Je jetai la pince et ne mis que quelques secondes pour franchir la porte, grimper les escaliers et me retrouver dans la venelle, courant à toute allure. Derrière moi, j'entendis les hurlements de M'man, les cris et les jurons de P'pa. Quand je me retournai, j'aperçus le visage féroce de P'pa et la pince de Barton qui étincelait dans la lueur jaune des becs de gaz.

Dans ma course éperdue, j'essayai de réfléchir à un endroit où aller. Mes poursuivants connaissaient mes caches habituelles. Je me décidai pour la maison de monsieur Jellico, mais quand j'atteignis sa boutique, celle-ci était éteinte et le rideau descendu. J'eus beau appeler et frapper à la fenêtre, il n'y eut pas de réponse. Je maudis mon manque de chance. Si monsieur Jellico n'était pas là à cette heure avancée de la nuit, cela signifiait qu'il s'était sans doute absenté pour plusieurs jours.

Alors, où me réfugier ? Sur le pont couvert qui traversait le fleuve, le Foedus, à la taverne du Doigt Agile ! Betty Peggotty, la patronne, accepterait peut-être de me venir en aide. Je quittai la venelle pour m'engager dans la rue, mais les autres étaient déjà là à m'attendre.

— L'est ici, cria M'man.

Et la poursuite reprit. Leur endurance me stupéfiait, surtout celle de P'pa. J'avais peine à croire qu'ils soient si résistants. Ils me talonnèrent jusqu'au fleuve, dans les ruelles étroites et sans pavés, dans les rues dégoûtantes, enjambant les corps couchés, évitant les mains tendues. Chaque fois que je jetais un regard derrière moi, ils me semblaient plus proches. Je savais ce qui m'arriverait si je tombais de nouveau entre leurs mains. Pour l'imaginer, il me suffisait de penser à la douleur qui tenaillait ma mâchoire sanguinolente.

En arrivant au pont, je chancelai. J'étais à peine capable de me tenir debout. C'est alors que j'aperçus la calèche stationnée devant Le Doigt Agile, sur l'arche centrale. Je l'atteignis au moment où ses roues commençaient à tourner. Dans un dernier sursaut, je me hissai à l'arrière. La voiture prit de la vitesse et je m'agrippai à elle comme on s'accroche à la vie. La dernière image que je conserve de ce douloureux épisode est celle de M'man, tombée à genoux sur le bord du fleuve, qui me couvre d'injures tandis que l'ignoble Barton Gumbroot agite un poing rageur dans ma direction.

*

Je m'appelle Ludlow Fitch. Entre autres innombrables malheurs, j'ai connu l'infortune de naître dans la City, un endroit puant qui ne mérite pas de porter un nom. Sans M'man et P'pa, j'y serais mort. Car c'est eux qui me sauvèrent la vie, même si telle n'était pas leur intention, quand ils me livrèrent, moi leur unique fils, aux mains de Barton

Gumbroot. Leur trahison m'apparaît comme la seule chance qu'il m'ait été donné d'avoir.

Le sort diabolique qu'ils m'avaient réservé mit fin à la première partie de mon existence et me permit d'en entamer une autre : ma vie aux côtés de Joe Zabbidou.

Chapitre deux

Extrait des mémoires de Ludlow Fitch

Je l'ignorais alors, mais la calèche sur laquelle je m'étais invité appartenait à monsieur Jérémiah Ratchet, présent à bord. Nous fûmes bringuebalés pendant des heures, lui à l'intérieur, ronflant comme un soufflet de forge, si fort que le bruit couvrait le claquement des essieux dans les ornières, et moi dehors, cramponné à l'arrière du véhicule, pareil au singe des joueurs d'orgue de Barbarie. Puis le temps se dégrada et il commença à neiger. La route rétrécit et les nids-de-poule devinrent de plus en plus larges, profonds et nombreux. Le cocher n'avait pas le moindre égard pour le confort du passager, et si mes mains n'avaient pas gelé en position fermée, je serais certainement tombé. En dépit de cela et de mes vomissements répétés (je souffre terriblement du mal des transports), je parvins à sommeiller un peu vers la fin du trajet. La calèche escalada une pente très raide et nous arrivâmes à ce qui devait devenir mon nouveau lieu de résidence, un village de montagne appelé Pagus Parvus.

En d'autres circonstances, je n'aurais jamais choisi de me rendre à Pagus Parvus, mais, à ce moment du voyage, cette décision ne m'appartenait pas. La voiture s'immobilisa enfin devant une vaste demeure et le cocher descendit. Je l'entendis frapper à la portière de la calèche.

— Monsieur Ratchet, cria-t-il, monsieur Ratchet.

N'obtenant pas de réponse, il alla sonner à la porte de la maison pour faire venir la bonne. Une jeune fille apparut, qui semblait plutôt mécontente d'avoir été dérangée. Le cocher l'appela Polly. Ensemble ils sortirent monsieur Ratchet de la calèche et lui firent monter les marches du perron. Puis ils le traînèrent dans la maison, accompagnés par force ronflements (les siens) et récriminations (les leurs). Je profitai de l'occasion pour sauter de mon perchoir et aller fouiller l'intérieur de la calèche. J'y trouvai une bourse en cuir, une écharpe de soie imprimée et une paire de gants. J'enroulai l'écharpe autour de mon cou et enfilai les gants. La bourse ne contenait que quelques pennies mais c'était déjà un début. J'aperçus alors la jeune fille, debout en haut des marches, qui me fixait droit dans les yeux. Un léger sourire se dessina sur ses lèvres et, durant quelques secondes, elle soutint mon regard. J'entendis alors les pas du cocher qui se rapprochaient. J'en conclus qu'il était temps de prendre le large.

J'avais le choix entre descendre ou continuer de gravir la colline. Pour une raison que je ne m'explique toujours pas, je décidai d'aller vers le sommet.

La pente était rude. Pendant la montée, j'entendis sonner quatre heures au clocher de l'église. Il avait cessé de neiger mais le vent coupait comme un rasoir. Il me fallait trouver un abri. Malgré l'heure et l'absence de becs de gaz dans les rues, j'y voyais suffisamment pour me diriger. La lune, réduite à un infime croissant, ne m'était pourtant d'aucune aide. En revanche de nombreuses lumières brillaient derrière les fenêtres. À l'évidence, je n'étais pas le seul à être réveillé dans ce village.

Je m'arrêtai près d'une construction abandonnée en haut de la colline. Elle s'élevait dans l'ombre de l'église, sinistre et séparée des autres maisons et des boutiques par une allée. Je cherchais une direction à prendre quand j'entendis un bruit de pas dans la neige. Ils se dirigeaient vers moi. Je m'enfonçai dans l'allée et attendis, immobile. J'aperçus un homme, très voûté, qui descendait prudemment la colline. Il portait une large pelle en bois sur l'épaule et marmonnait. Il passa juste devant moi, sans jeter un regard à droite ou à gauche, et il traversa la rue.

Au moment où il s'évanouit dans la nuit, une autre silhouette apparut. Je revois encore cet homme émerger de l'obscurité comme par magie. Je l'observai grimper vers moi d'un pas régulier. Il marchait à grandes enjambées et couvrit rapidement l'espace qui nous séparait. Il boitait ; sa jambe droite était plus longue que la gauche. L'empreinte qu'elle laissait dans la neige était plus profonde aussi.

Je crois que je fus le premier à voir Joe Zabbidou et je

sais qu'en tout cas je fus le dernier. Fut-ce ou non une coïncidence ? Toujours est-il que nous arrivâmes ici en même temps. Je présume que des forces supérieures étaient à l'œuvre. Mais lui au moins n'était pas un fuyard. Il avait un but et il le gardait bien caché.

Chapitre trois

L'arrivée

Il n'était pas simple de décrire Joe Zabbidou avec précision. Son âge était impossible à deviner. Il n'était ni corpulent ni maigre. Plutôt svelte. En tout cas, il était grand, ce qui n'était pas un atout à Pagus Parvus. Le village datait en effet de temps anciens où les hommes étaient plus petits et où les habitations étaient construites à leur échelle. De plus, l'endroit avait été édifié durant les années de « la Grande Pénurie de Bois », époque à laquelle un décret royal avait contraint le peuple à économiser ce matériau. On avait donc réduit la taille des portes et des fenêtres, et bâti des maisons aux plafonds particulièrement bas.

Joe portait des vêtements qui permettaient de faire face aux caprices du temps, même s'ils ne respectaient en rien la vogue des manteaux à col montant. Une cape d'un vert délavé, attachée par des brandebourgs argentés, lui descendait jusqu'aux chevilles. Elle était en laine de jocaste.

Le jocaste – un animal semblable au mouton mais avec des pattes plus fines et plus longues ainsi qu'une charpente plus délicate – vit sur les hauteurs des montagnes de l'hémisphère nord. Il mue une fois par an, au mois de septembre, et seuls les grimpeurs les plus agiles osent s'aventurer dans cet air raréfié pour collecter sa laine. Enfin, la cape était bordée de la fourrure la plus douce du monde, du chinchilla.

Joe portait également une paire de bottes de cuir noires, parfaitement cirées, sur lesquelles cassait le revers soigneusement repassé de son pantalon mauve. Une écharpe de soie lui couvrait le cou et un chapeau de fourrure, dont la forme rappelait une casserole renversée, lui enserrait la tête si étroitement que la masse de ses cheveux débordait en boucles argentées au niveau des oreilles.

À chacune de ses enjambées, un trousseau de clefs accroché à sa ceinture tintait joyeusement contre sa cuisse. Il tenait dans sa main droite une sacoche de cuir un peu défraîchie qui craquait aux coutures et de sa main gauche pendait un filet d'où provenaient régulièrement quelques coassements.

Joe monta la rue principale d'un pas rapide et silencieux et s'arrêta devant la dernière maison située sur la gauche, une boutique vide, visiblement inoccupée. Un peu plus haut commençait le cimetière, dont l'enceinte marquait la limite du village et au milieu duquel se dressait l'église. La route se perdait ensuite dans un néant grisâtre. La neige s'était accumulée dans l'embrasure de la porte et des fenêtres de la boutique. Sur la façade à la peinture écaillée, une enseigne en forme de chapeau oscillait en couinant dans le vent glacial. Joe s'immobilisa quelques instants pour inspecter la rue qui descendait jusqu'au bas de la colline. Malgré l'heure très matinale, la lueur de lampes à huile ou de bougies brillait déjà derrière nombre de rideaux et de volets et il entrevit plus d'une silhouette s'affairer dans les trouées de lumière. Un sourire lui barra le visage.

— Nous y voilà ! dit-il.

Et il entra dans la maison.

La boutique était minuscule. De la devanture au comptoir, il n'y avait pas plus de trois pas. Joe se faufila derrière le comptoir et ouvrit la lourde porte qui menait à la pièce du fond. Un maigre faisceau de lune y pénétrait par une petite fenêtre située sur le mur opposé, dissipant l'obscurité. Le mobilier était peu abondant et usagé. Il se résumait à une table, deux chaises, une petite cuisinière et un lit étroit, poussé le long du mur. Comparée à l'exiguïté de l'endroit, la cheminée semblait immense. Elle mesurait au moins deux mètres de large et presque un de profondeur et occupait pratiquement l'intégralité d'un mur. De chaque côté du foyer trônait un large fauteuil dont la tapisserie décolorée avait fait son temps. L'ensemble était modeste mais ferait l'affaire.

Joe profita de la nuit pour s'installer. Il remonta la mèche de la lampe, qu'il alluma et posa sur la table. Il défit son écharpe, ôta son chapeau, enleva son manteau et jeta le tout sur le lit. Puis, semblant ne pas remarquer le témoin silencieux qui l'observait du dehors, il ouvrit sa sacoche et en vida le contenu sur la table. À l'extérieur, de l'autre côté de la fenêtre, le spectateur ne fit pas un geste mais ses yeux déjà grands ouverts s'élargirent encore. De la sacoche jaillirent des vêtements, des chaussures, toutes sortes de babioles et de colifichets, quelques belles pièces de joaillerie, deux miches de pain, une bouteille de bière, une autre bouteille au verre opaque et sans étiquette, quatre montres à gousset (et leur chaîne en or), une lampe-tempête en cuivre, un aquarium en verre rectangulaire et son couvercle ajouré, un épais livre noir, un plumier, un encrier et, enfin, une jambe de bois en acajou ciré. La sacoche paraissait sans fond.

Joe assembla avec minutie les parois de l'aquarium puis détacha le cordon du filet qu'il portait. Il le déposa délicatement sur la table et aussitôt une grenouille émergea des plis du tissu. C'était un spécimen étonnant, qui associait les couleurs les plus vives à un regard perçant, intelligent. Joe l'attrapa avec précaution et la plaça dans l'aquarium. La créature cligna doucement de l'œil puis se concentra sur quelques insectes desséchés qu'elle commença à mâchonner.

Joe lui jeta une autre bestiole. Soudain, il sembla se raidir de manière imperceptible. Il quitta la pièce sans même jeter un regard derrière lui. Les yeux qui l'observaient derrière la fenêtre le suivirent avec curiosité mais ne le virent pas se faufiler dans la rue. Aucune oreille humaine n'aurait pu l'entendre quand il fit le tour de la maison. Joe déboucha devant l'individu debout contre la fenêtre. Il l'attrapa par la peau du cou et l'obligea à se tourner vers la lumière.

— Que fais-tu à m'espionner ainsi ? le somma-t-il.

Le ton employé était sans ambiguïté. Il exigeait une réponse immédiate.

Joe soulevait le garçon avec une telle force que celui-ci s'étranglait à moitié. C'est tout juste si ses pieds touchaient encore le sol. Il essaya de parler, mais la peur et la surprise l'en rendaient incapable. Il ouvrait et fermait la bouche comme un poisson que l'on aurait sorti de son bocal. Joe le secoua et répéta sa question, avec moins de vigueur toutefois. Comme il ne recevait toujours pas de réponse, il lâcha le jeune homme, qui s'affaissa aussitôt dans la neige, comme un tas de chiffons.

— Humm ! murmura Joe.

Il jeta un long regard au garçon, comme pour l'évaluer. Le pauvre faisait vraiment pitié. Pâle, décharné, il tremblait si fort qu'on entendait presque ses os s'entrechoquer. Pourtant, dans le cercle d'ombre qui entourait sa pupille, un éclat perçant subsistait, parsemant le vert foncé de l'iris de reflets dorés. Joe soupira et le remit debout.

— Alors ? Tu t'appelles ? demanda-t-il.

— Fitch, lâcha le garçon. Ludlow Fitch.

Chapitre quatre

Leçon d'écriture

Pendant que Joe s'occupait du feu, Ludlow s'assit à la table, silencieux et tremblant. Une marmite noircie pendait au-dessus des braises et Joe en remuait régulièrement le contenu.

— Veux-tu un peu de soupe ?

Ludlow acquiesça. Joe versa l'épaisse mixture dans deux bols qu'il posa devant eux. Le garçon se jeta dessus et avala sa soupe avec force bruit et dégoulinades.

— D'où viens-tu ?

Ludlow essuya son menton et se décida à répondre.

— De la City.

— Je comprends. Et as-tu l'intention d'y retourner ?

Le garçon secoua violemment la tête.

— Je ne peux pas te le reprocher. Pour moi, la City est un endroit pourri, infect et rempli de ce que l'humanité compte de pire. Le pire du pire.

De nouveau, Ludlow acquiesça. Comme il buvait en même temps, de la soupe coula sur le col de sa chemise grise. Sans la moindre gêne, il attrapa le morceau de tissu et le fourra entre ses lèvres pour en aspirer le liquide. Une lueur d'amusement s'alluma dans les yeux de Joe.

— Et que faisais-tu, dans la City ?

Ludlow posa son bol. La soupe chaude avait ramené un peu de vie dans ses membres gelés.

— Un peu de tout, répondit-il, évasif.

Le regard que Joe lui retourna ne lui laissa pas le choix et Ludlow continua.

— Souvent, je faisais le pickpocket.

— Ton honnêteté est un bon point pour toi, Ludlow. Néanmoins, je crains que tu ne déniches pas un travail de ce genre ici. C'est un petit village. Il n'y a pas grand-chose à voler.

— Je me débrouille toujours pour trouver, fanfaronna Ludlow.

Joe rit et considéra longuement le garçon.

— J'en suis sûr. Et dis-moi, à part ça, de quels talents es-tu pourvu ?

— Je cours vite et je me mets en boule si serré que je peux me cacher dans les endroits les plus petits.

Personne, en observant le visage de Joe, n'aurait pu dire s'il était ou non impressionné.

— Voilà qui semble très utile, assura-t-il. Et l'école ? Sais-tu lire et écrire ?

Ludlow haussa les sourcils comme si Joe avait posé une question incongrue.

— Bien sûr que je sais, répondit le garçon.

— Qui t'a appris ? Tes parents ?

— Mes parents avaient autant horreur des livres que de moi, ronchonna Ludlow. C'est monsieur Lembart Jellico qui m'a appris.

— Lembart Jellico ? répéta Joe. Comme c'est intéressant.

— Vous le connaissez ? interrogea Ludlow.

Mais il n'obtint pas de réponse. Joe fouilla dans la pile posée devant lui. Il tendit un morceau de papier, une plume et un encrier à Ludlow.

— Écris, ordonna-t-il.

Il lui dicta deux phrases que Ludlow écrivit en s'appliquant. L'extrémité de sa langue pointait au coin de ses lèvres. Son écriture, simple, ressemblait à des pattes de mouche. Il rendit la feuille à Joe, qui lut rapidement.

— Zabbidou s'écrit avec deux « b », dit-il, mais tu ne pouvais pas le savoir.

Il se redressa et, une nouvelle fois, il considéra longuement le jeune garçon. Il était semblable à la plupart des enfants de la City, sale et maigrichon. Il sentait aussi mauvais qu'eux, d'ailleurs. Ses vêtements étaient tout juste bons à jeter (hormis son écharpe et ses gants qui paraissaient d'excellente qualité) et son visage méfiant en disait long sur la misère de son existence. Sa peau était couverte d'ecchymoses et sa bouche était enflée. Pourtant, une étincelle d'intelligence – et d'autre chose aussi – luisait dans ces yeux sombres. Et cela intriguait Joe.

— J'ai un travail pour toi, si tu veux, proposa-t-il.

Les yeux de Ludlow s'étrécirent.

— Ça paye bien ?

— Nous discuterons de ça demain, répondit Joe en bâillant. Maintenant, il faut dormir

Il tendit sa cape à Ludlow, qui s'enveloppa dedans avant de se coucher près du feu. Jamais il n'avait touché fourrure aussi douce. Celle-ci était presque vivante, elle s'enroulait autour de ses jambes, pareille à un animal qui aurait voulu se blottir contre lui.

Yeux mi-clos, le garçon continua à observer Joe. Ce dernier s'allongea, jambes un peu fléchies, sur le lit de l'autre côté de la pièce. Il ronfla presque aussitôt. Quand Ludlow fut certain qu'il dormait profondément, il sortit la bourse qu'il avait volée dans la calèche et la cacha dans le mur, derrière une brique descellée. Puis il prit le papier et le lut une nouvelle fois.

Je m'appelle Joe Zabbidou. Je suis prêteur sur gages et le gardien des secrets.

Un prêteur sur gages, un gardien de secrets ? Qu'est-ce qu'un métier pareil ? Mais il n'eut pas le temps de réfléchir à la question. Il sombra dans un sommeil habité de ces rêves échevelés qui font s'emballer le cœur.

Chapitre cinq

Extrait des mémoires de Ludlow Fitch

Je m'en voulais d'avoir avoué à Joe que j'étais un pickpocket et j'ignorais pourquoi je lui avais dit la vérité. En revanche, je savais très bien ce qu'était un prêteur sur gages. Je m'étais rendu suffisamment souvent dans leurs boutiques quand j'habitais la City. Tout ce que M'man et P'pa volaient et dont ils n'avaient pas l'utilité, ils le mettaient en gage. Ce genre d'échoppes fourmillaient, il y en avait pratiquement à chaque coin de rue et elles restaient ouvertes jour et nuit. Après le week-end, quand chacun avait dépensé son salaire à boire ou à jouer aux cartes, elles débordaient d'activité. Le lundi, en milieu de matinée, il fallait voir ces boutiques, croyez-moi. Les gens y apportaient toutes sortes d'objets : vaisselle, vêtements, vieilles chaussures, pipes, tout ce dont on pouvait retirer un penny.

Cependant, le prêteur sur gages n'acceptait pas de prendre n'importe quoi. Et la somme qu'il versait en échange était maigre. Mais quand quelqu'un protestait et trouvait qu'il profitait de la situation, il répondait : « Je ne fais pas la charité. C'est ça ou rien. »

En général, comme les gens n'avaient pas le choix, ils acceptaient l'argent qu'on leur offrait. Bien sûr, vous pouviez revenir plus tard et racheter ce que vous aviez placé en gage, mais, dans ce cas, il fallait payer plus. C'est ainsi que le prêteur sur gages gagnait sa vie, il s'enrichissait aux dépens des pauvres.

Lembart Jellico, lui, n'appartenait pas à cette catégorie. Ainsi, il avait ouvert boutique dans un lieu à l'écart, presque secret, dissimulé au fond d'une petite venelle près de Pledge Street. Il fallait vraiment connaître l'endroit pour le trouver, si vous voyez ce que je veux dire. J'avais découvert son magasin un jour que je cherchais à me cacher de mes parents. L'entrée de la ruelle était si étroite que j'avais dû me mettre de profil pour y pénétrer. Quand j'avais levé la tête, je n'avais aperçu qu'un mince ruban du ciel enfumé de la City. Son échoppe était au bout du passage et je crus d'abord qu'elle était fermée. Mais quand je pressai mon nez contre le carreau de la porte, celle-ci s'ouvrit d'un seul coup. Lembart Jellico était debout derrière son comptoir et il ne remarqua pas ma présence. Il semblait plongé dans ses rêves.

Je toussai.

— Désolé, fit-il en clignant des yeux. Puis-je vous aider, jeune homme ?

C'étaient les premiers mots aimables que j'entendais de la journée. Je lui confiai ma recette du jour, une bague que j'avais dérobée au doigt d'une dame (une de mes spécialités consistait à détourner l'attention du passant en lui adressant un regard rempli de chagrin. J'en profitais alors pour l'alléger du fardeau de ses bijoux). Les sourcils de monsieur Jellico s'arrondirent quand il la vit. Puis il sourit légèrement.

— C'est à votre mère, bien sûr ? me dit-il, pas dupe.

Monsieur Jellico avait l'air aussi pauvre que ses clients. Il portait des vêtements que personne n'était venu réclamer (et qu'il ne pouvait pas vendre). Sa peau était pâle, privée de soleil, et luisait par endroits, comme une pâte à pain humide. Il avait des ongles très longs, en général sales, et son visage ridé était le plus souvent couvert d'une barbe de trois jours. Une goutte pendait presque toujours au bout de son nez et, de temps en temps, il l'essuyait à l'aide d'un mouchoir rouge qu'il tirait de la poche de sa veste. Ce jour-là, il m'offrit un shilling pour la bague. Il m'en donna un autre quand je revins le lendemain avec d'autres larcins. Par la suite, je retournai chez lui aussi souvent que possible.

J'ignore si monsieur Jellico réussissait à gagner sa vie. Sa boutique ne comptait que de rares visiteurs, la vitrine était sale et proposait peu d'objets à la vente. Une fois, je vis même une miche de pain sur un des rayons. Je ne pus m'empêcher de le questionner à ce sujet.

— Une jeune femme, répondit-il. Elle m'a échangé ce pain contre une casserole pour faire cuire son jambon. Elle me la rapportera demain et reprendra son pain, un peu plus dur sans doute, mais elle le ramollira dans un peu d'eau.

Quel prêteur sur gages aurait conclu un tel arrangement avec un de ses clients ?

Extrait des mémoires de Ludlow Fitch

Je ne sais pas pourquoi monsieur Jellico me montra tant de gentillesse ni pourquoi il me choisit, moi, comme protégé parmi les centaines de vauriens qui traînaient dans ces coupe-gorge. Quelle qu'en fût la raison, je n'eus pas à m'en plaindre. Je lui relatai comment étaient M'man et P'pa, la façon dont ils me traitaient et le peu de soin qu'ils prenaient de moi. Bien souvent, quand il faisait trop froid pour rester dehors ou quand j'avais trop peur de rentrer chez moi, il m'invitait à m'asseoir près de son feu et m'offrait du thé et du pain. Il m'enseigna l'alphabet et les nombres et me laissa m'exercer à l'écriture sur l'envers des vieux tickets de gage. Il me montra des livres et m'incita à les recopier page par page jusqu'à ce qu'il soit satisfait de mon écriture. On m'a fréquemment fait remarquer à quel point mon style est classique. Je le dois sans doute aux textes qui m'ont servi d'exemples. Leurs auteurs étaient très sérieux, ils traitaient de sujets tels que la guerre, l'histoire ou la philosophie et laissaient peu de place à l'humour.

En échange, j'effectuais certaines corvées pour monsieur Jellico. Au début, c'est moi qui fus chargé de marquer le prix sur les étiquettes dans l'étalage. Puis, quand je fis des progrès en écriture, il me fit inscrire les intitulés et les montants dans son livre de comptes. Parfois, la porte s'ouvrait et nous recevions la visite d'un client. Alors, monsieur Jellico, qui adorait parler, l'entraînait dans une conversation sur un sujet ou un autre avant de lui prendre son objet en dépôt et de le payer.

J'ai passé des heures à l'ouvrage dans cette arrière-boutique et M'man et P'pa n'en ont jamais rien su. Je ne vois pas quelle bonne raison j'aurais eu de leur parler de monsieur Jellico. Ils m'auraient assurément demandé de lui voler quelque objet. J'en eus l'occasion d'ailleurs, et souvent, mais alors que je n'aurais pas hésité une seconde à soustraire quelques shillings à mes parents, jamais je n'aurais trahi monsieur Jellico.

Je me serais volontiers rendu chez lui chaque jour mais il n'était pas toujours là. La première fois que je trouvai sa porte close, je pensai même qu'il avait définitivement fermé boutique. Je fus surpris qu'il n'ait pas jugé bon de me dire au revoir, même si cet usage n'était pas vraiment en vigueur dans mon entourage. Puis, quelques jours plus tard, il réapparut. Il ne me dit pas où il était parti et je ne l'interrogeai pas. J'étais juste heureux de le savoir de retour.

Ces rencontres se poursuivirent presque cinq mois, jusqu'à cette soirée où je quittai la City. Mon seul regret, la nuit où pour la première fois je me couchai devant la cheminée de Joe Zabbidou, fut d'ailleurs d'être parti sans avoir dit adieu à monsieur Jellico. Il y avait peu de chances que je le revoie un jour.

C'est pourquoi je fus si heureux quand Joe m'annonça qu'il était prêteur sur gages. Il semblait différent de monsieur Jellico et Pagus Parvus n'avait rien de commun avec la City, mais je me sentais en sécurité. Il faut dire que j'ignorais alors ce qu'était un gardien de secrets.

Chapitre six

L'ouverture

Pagus Parvus ne ressemblait en rien à la City. C'était un petit village qui s'efforçait de survivre sur le versant d'une montagne escarpée. Il avait souvent changé de nom avant de prendre celui-ci, à une époque si lointaine que beaucoup l'avaient oubliée. Pagus Parvus se résumait à une rue principale, pavée et bordée d'un méli-mélo de maisons et d'échoppes dont le style était fort prisé à l'époque du grand incendie de la célèbre ville de Londres. Le premier et le deuxième étage (et, dans le cas de la riche demeure de Jérémiah Ratchet, le troisième et le quatrième étage) surplombaient le trottoir. En fait, les niveaux supérieurs s'avançaient parfois si loin au-dessus de la rue que le soleil n'y pénétrait presque jamais. Les fenêtres, de dimensions réduites, étaient à petits carreaux et de grandes poutres en bois couraient le long des façades, en lignes parallèles. Les constructions présentaient un angle étrange et assez inquiétant par rapport au sol. Avec les années, elles avaient légèrement glissé le long de la pente et s'étaient enfoncées dans la terre. Il ne faisait aucun doute que si l'une d'entre elles s'était écroulée, elle aurait entraîné toutes les autres dans sa chute.

L'église dominait le village. C'était une ancienne bâtisse qui ne connaissait l'affluence que pour les naissances ou les enterrements. Pour la plupart des habitants, l'entrée ou la sortie de l'existence constituaient une bonne raison de s'y rendre mais ils estimaient pouvoir se dispenser d'une fréquentation plus régulière. Ce qui convenait parfaitement au révérend Stirling Oliphaunt d'ailleurs. Ce dernier ne recherchait pas outre mesure la compagnie de ses ouailles. Il préférait nettement les voir suivre leur propre chemin. Et comme celui qui menait à l'église était vraiment pentu, le révérend pouvait dormir tranquille.

Malgré la montée et la neige, une petite foule s'était rassemblée en ce milieu de matinée devant le nouveau domicile de Ludlow. Le soleil n'avait pas encore percé le plafond des nuages qu'une rumeur avait circulé : l'ancienne boutique du chapelier avait un nouvel occupant. Un par un, les villageois avaient craché leurs poumons jusqu'en haut de la colline pour aller se rendre compte d'eux-mêmes. La vitre du magasin, nettoyée, avait retrouvé sa transparence. Et bien que l'épaisseur inégale du verre déformât la vision des objets présentés, les gens pressaient leur visage contre la vitrine, impatients de découvrir l'étalage.

— Est-ce un brocanteur ? demanda un homme.

Au vu de ce que la boutique présentait, la question n'était pas dépourvue de bon sens. Tout le contenu de la sacoche de Joe, à l'exception de la nourriture et de la boisson, était disposé et étiqueté derrière la vitre, avec son prix. Le pilon en acajou était posé dans un coin, mais, en ce qui le concernait, le coût n'était pas indiqué.

— Il y a des animaux, dit un autre.

La grenouille de Joe trônait en effet sur le comptoir, immobile dans son aquarium. À la lumière du jour, elle révélait tout ce qu'elle avait d'extraordinaire. Sa peau luisante était un véritable patchwork de rouge, de vert et de jaune vif. Elle n'avait rien à voir avec les grenouilles que l'on trouvait dans les eaux troubles des mares de Pagus Parvus. Ses pattes dépourvues de palmes s'achevaient par d'interminables doigts, bombés au niveau des articulations et des orteils. Nager avec de tels membres se serait avéré assez sportif.

Le visage de Joe apparut soudain derrière la vitre, comme mû par un signal. Il tenait un écriteau qu'il disposa avec soin au bas du rayonnage et qui portait l'indication suivante :

Joe Zabbidou – Prêteur sur gages

Les villageois se regardèrent en hochant la tête, pas nécessairement en signe d'approbation, mais plutôt comme pour dire « c'est ce que je t'avais dit », même si ce n'était pas le cas.

Puis Joe sortit avec une échelle qu'il appuya contre la façade, au-dessus de la porte. Il y monta avec assurance, décrocha l'ancienne enseigne du chapelier et la remplaça par l'insigne du prêteur sur gages, trois globes dorés réunis dans une forme triangulaire. Étincelant dans le doux soleil hivernal, le nouveau panneau commença à se balancer doucement au bout de la chaîne.

— La grenouille est-elle à vendre ? questionna quelqu'un.

— Je crains que non, répondit Joe. C'est mon amie.

Cette introduction provoqua l'hilarité générale et, avec le froid ambiant, les têtes furent bientôt entourées d'un petit halo de buée.

— Combien pour la jambe ? s'enquit un autre.

Joe sourit aimablement. Il descendit l'échelle à une vitesse surprenante et se tourna vers la foule.

— Ah, la jambe ? s'exclama-t-il. Un jour, je vous raconterai l'anecdote...

— L'âne quoi ? l'interrompit un gamin.

Plus connu pour sa curiosité que pour son esprit, le garçon provoqua un ricanement chez ses deux frères, debout à côté de lui.

— Une anecdote, répéta Joe. Mais ce sera pour plus tard.

Il y eut des soupirs de déception dans la foule. Alors Joe s'éclaircit la voix et leva la main.

— Mesdames et messieurs, commença-t-il, je m'appelle Joe Zabbidou et je suis là pour vous servir. Je me tiens sous l'insigne des trois globes dorés qui témoigne de mon appartenance à l'ordre des prêteurs sur gages, une profession éminemment respectable depuis des siècles, et qui trouve son origine en Italie, du moins je le crois. Je vous donne ici ma garantie – et à ce moment, Joe posa la main droite sur son cœur et leva les yeux au ciel – que je paierai le juste prix pour les biens que vous me confierez et que mes honoraires seront raisonnables si vous souhaitez dégager ces biens. Les articles que j'accepte sont les suivants : linge, chaussures, bijouterie et montres.

— Et jambes de bois, cria une voix.

Joe ignora cette interruption et poursuivit en baissant le ton.

— Vous avez ma promesse. Joe Zabbidou ne trompe pas ses clients.

Il y eut un silence, bientôt suivi de généreux applaudissements. Joe salua la foule et sourit.

— Merci, c'est très aimable à vous, répondit-il à ceux qui s'approchaient pour lui serrer la main.

À l'intérieur de la boutique, Ludlow se réveilla en sursaut. Quelqu'un le piquait avec des milliers de petites aiguilles. Il s'assit et découvrit que le feu s'était ranimé et qu'une bûche lui projetait des escarbilles sur la joue. Il chercha Joe du regard mais ne le vit nulle part. En revanche, il aperçut le pain, le lait et la jarre de bière sur la table et il réalisa qu'il avait faim. Il s'installa sur une chaise. Son sourire de satisfaction s'évanouit presque aussitôt. Il venait d'entendre le tumulte, dehors. Alors il se leva et alla jusqu'à la porte pour en connaître la cause.

Joe était toujours en train de serrer des mains. Quand il remarqua Ludlow, il lui fit un signe de tête pour lui montrer la foule, qui demeurait sur place, rechignant à quitter cet endroit si intrigant. L'arrivée de Joe était à n'en pas douter un véritable événement pour Pagus Parvus. Rares étaient les étrangers qui venaient dans ce village.

« Ils devraient, pourtant », pensa Joe en détaillant les faces réjouies qui l'entouraient. Ce n'étaient que nez crochus, yeux étroits presque clos et sourires de travers, certains villageois associant plusieurs de ces disgrâces dans un seul et même visage.

« Un peu de sang neuf ferait du bien à cet endroit », se dit-il. Puis il s'approcha de Ludlow.

— Voilà un bel accueil, non ? lui cria-t-il.

Sans attendre de réponse, Joe se retourna vers l'assemblée et continua ses salutations. Quant à Ludlow, il se perdit dans la contemplation de l'assistance, les yeux rivés au niveau des poches, se demandant laquelle vaudrait la peine d'être soulagée.

Chapitre sept

Un lendemain difficile

Dans la plus grande maison de la rue, située au milieu de la montée, Jérémiah Ratchet se remettait difficilement de son escapade de la veille. Il s'était réveillé avec l'estomac à vif et un mal de crâne proche de la torture.

— Cochonnerie de bière, maugréa-t-il. Je ne sais pas ce qui m'a pris d'aller dans cette ville immonde et puante !

Il le savait pourtant très bien. Il s'y était rendu parce qu'il n'avait aucune confiance dans les patrons de tavernes de Pagus Parvus, incapables, selon lui, de servir de la bonne bière. Un jour, il était allé à La Truite au Vinaigre au bas de la colline et il n'avait pu se débarrasser du soupçon que le propriétaire, Benjamin Tup, avait craché dans son verre. Inutile de dire que son accusation avait été très mal reçue. De plus, Jérémiah n'avait que mépris pour les autres consommateurs, dont la plupart étaient ses débiteurs.

S'il appréciait l'argent que ceux-ci lui versaient, l'idée de boire un verre avec eux le rebutait. Ce sentiment était d'ailleurs réciproque.

Jérémiah préférait donc se rendre à la City et en particulier à l'auberge du Doigt Agile, située sur le pont au-dessus du Foedus et riche en divertissements. Il y avait bu de la bière et du vin, fumé d'épais cigares et joué aux cartes avec une bande d'individus peu recommandables : des voleurs, des flambeurs, des repris de justice et sans doute un ou deux meurtriers. Il ne l'aurait jamais admis, mais il se sentait un peu comme chez lui au Doigt Agile.

Jérémiah gémit quand il se souvint de la somme considérable qu'il avait perdue à la table de jeu.

« La seule chose à faire, se dit-il, c'est d'augmenter les loyers. »

Jérémiah aimait résoudre les problèmes de manière simple et l'augmentation des loyers lui apparaissait comme une solution idéale. Les difficultés qu'il créait ainsi à ses locataires étaient le cadet de ses soucis. Il se retourna dans son lit, mais sa tentative pour se rendormir fut contrariée par l'odeur pestilentielle qui s'échappa de sous les couvertures.

« Trop d'oignons ! » conclut-il. Il ouvrit les rideaux de son baldaquin et balança ses jambes hors du lit. Il plissa les yeux face à la lumière du jour et c'est à ce moment qu'il remarqua le bruit qui montait de la rue. Il tituba, s'arrêta pour émettre quelques gaz et parvint enfin à la fenêtre. Il découvrit alors la foule qui remontait la rue vers le sommet de la colline.

— Polly ! cria-t-il. Polly !

La bonne, qui rechargeait la cheminée à quelques mètres de lui, sursauta. Perdue dans ses pensées, elle songeait à ce garçon aux yeux verts qu'elle avait croisé la nuit précédente.

— Oui, monsieur, répondit-elle.

— Qu'est-ce que ce chahut ? C'est impossible de dormir avec ce vacarme.

— Il paraît qu'la boutique du chapelier a un nouvel occupant, monsieur.

— Un fabricant de chapeaux ?

Jérémiah adorait les chapeaux, les plus hauts étant ses préférés. Leur dimension correspondait en quelque sorte à l'importance qu'il s'attribuait. Il avait l'impression de paraître plus grand et, dans son esprit, les centimètres qui lui manquaient étaient largement compensés par l'autorité pompeuse que lui conférait son couvre-chef.

— Je sais pas, monsieur. La rumeur dit qu'il s'agit d'un vendeur d'animaux de compagnie.

— Des animaux de compagnie ! pesta Jérémiah. Mais qui peut bien s'offrir une telle débauche de luxe dans ce village ?

La pensée qu'un seul de ses locataires pût acquérir un tel animal le rendait malade. Si lui-même était prêt à s'accorder les pires extravagances, celles des autres l'indisposaient. Sa curiosité piquée au vif, il s'habilla et se transporta tant bien que mal en haut de la colline. Nauséeux et le visage empourpré, l'alcool de la veille suintant de ses pores dilatés, il marchait les mains profondément enfoncées dans ses poches et le col de son manteau relevé autour de son cou. Son humeur s'était encore dégradée lorsque Polly lui avait annoncé que ses gants, son écharpe et sa bourse avaient disparu.

— Maudit cocher ! jura Jérémiah en titubant dans la neige. Voleur et menteur ! Cette engeance mériterait d'être pendue.

Polly patienta quelques minutes. Puis, quand elle jugea qu'il s'était assez éloigné, elle enfila à son tour son manteau, d'un rouge défraîchi, et elle le suivit, prenant soin de demeurer à distance.

Jérémiah arriva à la boutique juste à temps pour écouter le discours de Joe. Ce n'est qu'après qu'il se manifesta et qu'il s'avança au milieu de ceux qui, trop loin pour être dérangés par son odeur, ne s'étaient pas encore écartés.

Chapitre huit

Extrait des mémoires de Ludlow Fitch

Tandis que Joe s'affairait sur le trottoir, je demeurai debout dans l'encoignure de la porte. J'observais ceux qui s'approchaient de lui. Il serrait la main à toute personne qui la lui offrait. À un moment, il se pencha en avant et prononça quelques mots. Les femmes affichèrent un air amusé pendant que les hommes se redressaient en gonflant la poitrine. Cette réaction me fit sourire, bien que je n'en connusse pas la raison exacte.

Soudain, je remarquai une certaine agitation à l'arrière de la foule. Je m'avançai légèrement et aperçus un homme corpulent, le visage luisant de sueur, qui tentait de se frayer un chemin vers la boutique. Les gens qui l'entouraient rechignaient à lui laisser le passage. Dans sa manière de se tenir, il exprimait la certitude de sa propre importance. Il inclina sa grosse tête sur le côté et, de son œil jaune, il examina les globes dorés de l'enseigne.

Cet homme avait quelque chose de très déplaisant. Sa rondeur était agressive, son attitude était offensante. Rien chez lui n'engageait à vouloir faire sa connaissance et je restai d'ailleurs à l'écart.

Je suis persuadé que Joe l'avait remarqué mais qu'il avait décidé de l'ignorer. Cependant, l'homme s'approcha si près et toussa de manière si évidente que Joe fut bien obligé d'admettre sa présence. Il lui tendit la main et se présenta.

— Joe Zabbidou, dit-il sobrement.

L'homme le toisa comme s'il se fût agi d'un escargot sur sa chaussure. Il ignora la main de Joe.

— Ratchet, répondit-il finalement. Jérémiah Ratchet. Homme d'affaires. Je possède presque tout ce village.

Quand j'entendis son nom, je dressai l'oreille. C'était donc là l'homme qui, sans le savoir, m'avait amené à Pagus Parvus, celui qui venait par la même occasion de changer le cours de mon existence. Un murmure de désapprobation accueillit la présentation qu'il fit de lui-même. Quelqu'un alla jusqu'à cracher et Ratchet fronça les sourcils pour témoigner de son mépris. Il posa les mains sur ses hanches et renifla avec la grossièreté d'un porc. Ce genre d'individu méritait qu'on lui fasse les poches et, si j'avais été au milieu de la foule, je lui aurais subtilisé sa bourse en un clin d'œil. Mais ce n'était pas la peine, pensai-je alors en évitant de ricaner trop ouvertement, puisque je l'avais déjà.

Les deux hommes se faisaient face. Joe considérait Jérémiah d'un regard tranquille. Tout chez Ratchet respirait l'argent, de ses cheveux abondamment parfumés à son long manteau de laine foncée, de ses culottes moutarde au cuir brillant de ses bottes de cheval. Malheureusement pour lui, rien de tout ça ne respirait le bon goût.

— Écoutez bien, monsieur Tête de Chou ou je ne sais quoi, persifla Jérémiah, vous ne ferez pas d'affaires ici. Nous n'avons pas besoin de vous. Ces gens ne possèdent rien qui ait la moindre valeur.

Il ricana et précisa :

— Je suis bien placé pour le savoir, la plupart me doivent leur loyer.

Joe recula légèrement. L'haleine de Jérémiah empestait.

— Nous verrons bien, répliqua-t-il d'une voix calme. J'ai souvent constaté dans le passé que la plupart des gens appréciaient mon aide.

— Votre aide ? glapit Jérémiah. Nous n'avons pas besoin de votre aide. C'est moi qui aide les gens, ici. Quand ils ont besoin d'argent, ils savent à qui s'adresser. Vous vous rendrez vite compte que je suis en charge des ressources de ce village, et vous plierez bagages.

Il fit demi-tour brusquement, avec l'air satisfait de celui qui a rivé son clou à son adversaire. Puis il s'éloigna. Il avançait en écartant les jambes. Quand il prit de la vitesse dans la pente, sa démarche atteignit le comble du ridicule.

J'entendis alors Joe murmurer :

— Jérémiah Ratchet, je pense que nos chemins se croiseront de nouveau.

*

La présence de Jérémiah avait jeté un voile de tristesse sur l'assistance. Par groupes de deux ou trois, les villageois commencèrent à redescendre la colline, se soutenant entre eux pour ne pas glisser. Une seule personne s'attarda, une jeune fille. J'avais l'impression de connaître son visage. Pourtant, il fallut qu'elle se plante devant moi pour que je me souvienne enfin de l'endroit où je l'avais rencontrée.

— Bonjour, contente de t'revoir, dit-elle doucement.

— Bonjour, répondis-je.

J'eus beau me creuser la tête, c'est tout ce que je parvins à dire. Nous restâmes face à face, silencieux. Elle paraissait frigorifiée et épuisée. Elle ne portait pas de gants. Les jointures de ses doigts étaient rouges et ses ongles avaient bleui.

— Je f'rais mieux de m'en aller, dit-elle finalement. Ratchet s'rait furieux s'il savait que j't'ai parlé.

Elle fit demi-tour. Je la regardai s'éloigner en sautillant, avec ses jambes maigres et son nez rosi par le froid. J'avais la gorge serrée. J'en savais assez pour deviner que Jérémiah Ratchet était le plus odieux des maîtres.

Joe, appuyé sur l'échelle, nous observait quand son regard fut attiré par quelque chose. Je tournai la tête et j'aperçus, pour la seconde fois, l'homme voûté qui portait une pelle sur son épaule. Il était resté en arrière pendant l'ouverture, avec son visage anguleux incapable d'exprimer le moindre sentiment. Désormais, il se dirigeait vers l'église, au sommet de la colline. Joe le regarda franchir les grilles du cimetière puis me fit signe.

— Dépêche-toi ! m'ordonna-t-il.

Et il se lança dans le sillage de l'étrange inconnu. Je refermai la porte et un tremblement d'excitation me parcourut l'échine.

Chapitre neuf

Obadiah Strang

Un antique cimetière ceignait l'église. La pente en était si forte qu'il était impossible de creuser une tombe sans qu'un des côtés soit plus haut que l'autre. Heureusement pour ses occupants, Obadiah Strang, le fossoyeur, connaissait son métier. Il se donnait le mal nécessaire pour s'assurer que le sol de chaque tombe soit de niveau. Le défunt pouvait ainsi reposer en paix sur le dos sans craindre de verser sur le côté. Lors des funérailles, les proches du disparu ne cessaient de remuer, passant d'un pied sur l'autre, essayant de rester droits. Les seuls êtres vivants qui paraissaient à leur aise dans cet endroit étaient les chèvres de montagne qui y rôdaient parfois. Elles parvenaient à garder leur équilibre quelle que fût la pente et paraissaient considérer ce lieu comme leur seconde demeure. Il faut dire que l'herbe y était particulièrement riche.

Suivi de près par Ludlow, Joe s'immobilisa devant les

grilles rouillées du cimetière et tendit l'oreille. Le son régulier d'une pelle attaquant la terre lui parvint et, quand il se tourna dans la bonne direction, il aperçut, un peu plus bas entre les rochers, Obadiah Strang à l'ouvrage, en train de creuser une tombe.

À peine plus grand qu'un enfant, Obadiah avait pourtant atteint l'âge que son dos voûté avait toujours laissé supposer. Avec les années, les mains de cet homme qui creusait des trous pour vivre avaient fini par prendre une forme qui s'adaptait parfaitement à la poignée de sa pelle. Et s'il éprouvait les plus grandes difficultés à effectuer un travail de précision, ses doigts recourbés étaient fort commodes lorsqu'il s'agissait de tenir une chopine de bière.

Obadiah poursuivit sa tâche un certain temps avant de remarquer qu'il avait de la compagnie. Il se hissa alors sur sa petite échelle et enfonça avec vigueur sa pelle dans le tas de terre. Un peu de sueur avait gelé dans ses sourcils et il s'essuya le visage du revers de la main, laissant une traînée noire sur son front. Ce n'était pas une mince affaire de creuser un trou de deux mètres de profondeur en plein hiver.

Joe lui tendit une main chaleureuse.

— Je vous ai aperçu à la boutique, se justifia-t-il.

— Ah ! répliqua Obadiah d'un ton bourru, vous êtes le prêteur sur gages. Eh bien, je peux vous le dire maintenant, ce n'est pas moi qui vais vous donner du travail. J'ai à peine plus que ce que je porte sur le dos.

Il jeta un regard soupçonneux à Ludlow qui se tenait à l'écart, derrière une pierre tombale à moitié enterrée. Il n'appréciait pas du tout l'allure de ce garçon. Il ne lui aurait fait confiance pour rien au monde. Par ailleurs, Obadiah n'aimait pas les gens qui ne cillaient pas et, à cet égard, les paupières de Ludlow étaient un modèle de calme et d'immobilité.

— Qui c'est, lui ? demanda le fossoyeur.

— Mon assistant, annonça Joe en faisant signe au garçon de s'approcher.

Ludlow sourit et leva une main hésitante. Obadiah l'ignora.

— Un assistant ? Vous payez un assistant ? Vous êtes bien tous les mêmes, vous, les prêteurs sur gages. Vous prétendez être pauvres mais vous vivez comme des riches.

Il saisit sa pelle mais Joe le retint par le bras.

— Attendez.

— Qu'est-ce que vous me voulez ? s'impatienta Obadiah. J'ai du travail.

Joe plongea son regard dans les yeux fatigués du fossoyeur. Obadiah essaya de détourner la tête, mais, pour une raison qui lui échappa, il n'y parvint pas. Ses oreilles se remplirent d'un bruit curieux et très doux, comme le glissement d'une vague sur une plage de galets. Il sentit ses genoux flageoler et des picotements apparurent au bout de ses doigts. À la grande surprise de Ludlow, le vieux grognon se détendit subitement, devenant serein et calme.

— Vous avez l'air d'un homme qui a une histoire à raconter, lui glissa Joe. Pourquoi ne viendriez-vous pas à la boutique ce soir ? À minuit. Personne n'a besoin d'être au courant.

La réponse d'Obadiah s'étrangla dans sa gorge.

— Je viendrai peut-être. Ou peut-être pas.

— Alors, à ce soir, conclut Joe comme si le fossoyeur avait accepté son invitation.

Puis, comme pour mettre fin à un sortilège, il cligna de l'œil. Alors, Obadiah vacilla un peu et ne put faire autrement que s'appuyer sur sa pelle.

Chapitre dix

Extrait des mémoires de Ludlow Fitch

Je n'avais pas vraiment saisi ce qui s'était passé dans le cimetière. J'avais compris qu'une sorte d'accord avait été conclu mais sa nature exacte m'échappait. Quand nous quittâmes l'enclos de l'église, j'eus soudain la sensation d'être observé. Du coin de l'œil, je vis qu'un individu nous surveillait, dissimulé derrière un arbre. À la façon dont il était vêtu, je déduisis qu'il s'agissait du vicaire. D'un coup de coude, j'alertai Joe. Lui aussi l'avait remarqué et il lui adressa un salut. Le révérend sursauta presque. Il nous tourna aussitôt le dos et rejoignit l'église en hâte.

Devant la boutique, la rue était déserte, à l'exception de trois garçons qui détalèrent dès qu'ils aperçurent Joe. Ce dernier éclata de rire quand ils dérapèrent sur la neige. Une fois rentrés, nous nous installâmes dans la pièce du fond, devant le feu. Je sentis alors qu'entre entamer une discussion avec moi et faire un somme, Joe avait fait le second choix.

Avant qu'il ne s'assoupisse pour de bon, je le questionnai sur mon travail.

— Ton travail ? répliqua-t-il avec un large bâillement. Je t'expliquerai plus tard. Pour l'instant, contente-toi de me réveiller si nous avons de la visite.

Et ce fut tout.

Je passai dans la boutique et posai les coudes sur le comptoir pour mieux réfléchir à ma situation. La grenouille m'observa durant une minute ou deux puis se désintéressa de moi.

Si j'avais toujours gagné de quoi vivre, je n'avais jamais eu de véritable travail. Je n'avais pas exactement été élevé dans le droit chemin. P'pa et M'man formaient la plus belle paire d'escrocs qu'on puisse trouver sur la terre. Ils vivaient de larcins et je n'eus d'autre choix que de suivre leurs traces, avant même d'être capable de marcher. Déjà, tout bébé, j'étais chétif et, quand j'eus dix-huit mois, P'pa prit l'habitude de me porter sur sa tête, dans un grand panier à pain. Il me dissimulait sous quelques miches rassises. Je me souviens encore du terrible roulis que je ressentais, perché là-haut. La peur me pétrifiait. Depuis, je ne peux plus emprunter de moyen de transport sans être malade.

Quand une opportunité se présentait, P'pa tordait la bouche et me glissait : « À toi, mon gars. » À ce signal, je devais sortir le bras et soustraire le chapeau – et parfois la perruque ! – de l'innocente tête que nous croisions. Imaginez la stupéfaction du pauvre passant qui se retrouvait ainsi délesté de son couvre-chef et sa gêne quand il était chauve ou quand le temps était à l'orage. Est-il besoin de préciser que, lorsqu'il reprenait ses esprits, nous étions déjà loin, perdus dans la foule ?

Ces rapines rapportaient de jolies sommes, car les chapeaux et les perruques n'étaient pas bon marché. Mais, naturellement, il arriva un jour où je ne tins plus dans le panier. M'man pensa alors à me vendre à un ramoneur. Selon elle, ma constitution malingre convenait parfaitement au nettoyage des cheminées étroites ou courbes. Je réalisai à cette occasion que lorsqu'ils m'examinaient ainsi de leur regard vitreux, mes parents voyaient en moi moins un fils qu'une confortable source de revenus, propre à étancher leur soif de gin. La vie d'un ramoneur était harassante et brève et, quand mon père décida que je rapporterais plus si je devenais pick-pocket, je lui en fus très reconnaissant. Je subis alors une période d'entraînement (encouragé par de nombreux coups de ceinture), puis ils m'envoyèrent arpenter les rues, non sans m'avoir vivement conseillé de ne jamais rentrer avec moins de six shillings en poche pour leurs frais de boisson.

En général, j'arrivais sans peine à atteindre cette somme et je gardais le supplément pour moi. Il faut croire que je présentais des dispositions naturelles pour cette activité. J'avais le pas léger, les doigts agiles et l'air innocent. Parfois il m'arrivait d'être un peu moins prudent qu'à l'habitude et qu'une de mes victimes sentait mes doigts se faufiler dans sa poche. Il me suffisait alors de lever mes yeux de chien battu vers elle pour la convaincre que si quelqu'un l'avait bien dépouillée de sa bourse ou de son portefeuille, je n'étais sûrement pas le responsable. Mais quand j'adressais un tel regard à M'man, une paire de claques résonnait instantanément sur mes joues.

— T'arrêtes tes yeux de merlan frit ! grondait-elle. Ça ne marche pas avec moi.

En fait, je crois que ça marchait et que c'est précisément ce qui la rendait furieuse.

Pour me frapper, il fallait que je sois là, bien sûr. Et, la plupart du temps, je fuyais mes parents comme la peste. Quand j'avais gagné assez, généralement vers midi, j'allais me réchauffer chez monsieur Jellico. De toute manière, rentrer chez moi m'était interdit, car, durant la journée, M'man et P'pa louaient la chambre à des employés qui travaillaient la nuit sur le fleuve.

Ma vie n'était pourtant pas si pénible, du moins au début, et je n'en imaginais pas d'autre. J'avais entendu dire que les enfants doivent aimer leurs parents. Pourtant je pense que je ne ressentais aucun sentiment de ce genre pour eux. Une sorte de fidélité peut-être, un lien du sang, mais de l'amour, sûrement pas.

Plus tard, leur penchant pour le gin acheva de les détruire et ma vie devint insupportable. Les sommes que je rapportais avaient beau être rondelettes, elles n'étaient jamais suffisantes à leurs yeux. Le jour où ils s'approchèrent de moi leur plan diabolique en tête, j'aurais dû me douter de quelque chose. Pour la première fois depuis longtemps, ils m'avaient souri.

Je tremblais encore en me rappelant la course éperdue de la nuit précédente. Je sentis la main de P'pa se poser sur mon épaule. La voix de M'man hurla sous mon crâne. Le tintement de l'instrument de torture de Barton Gumbroot résonna dans mes oreilles. Ce souvenir me poursuivait.

Par quel hasard incroyable étais-je si loin de tout ça maintenant ?

Joe ronflait toujours. J'en profitai pour examiner les objets dans la vitrine. La lampe-tempête, nettoyée et polie, semblait en état de fonctionnement. Les bijoux, magnifiques, brillaient. Les montres à gousset, présentées ouvertes, faisaient entendre leur tic-tac. Sans vraiment réfléchir, j'en glissai deux dans ma poche, mais, presque aussitôt, un coup sec à la fenêtre me fit sursauter. C'était Polly. Elle agitait la main et je me demandai depuis combien de temps elle était là, dehors, à m'observer. Je sortis la retrouver. La neige avait été piétinée par la foule et Polly faisait attention à ne pas déraper sur la surface rendue glissante.

— C'est tranquille, aujourd'hui, commençai-je.

— Comme d'habitude !

La matinée était déjà bien avancée et je fus surpris de ne pas entendre plus de bruit : le cri des vendeurs de rue proposant leurs articles, le violon des musiciens ambulants, les chanteurs de ballades, le claquement des sabots du bétail sur les pavés, le grincement de la roue des rémouleurs, le bruit sec des coups donnés dans les bagarres au coin des rues. Mais nous n'étions pas à la City ! Le village de Pagus Parvus était silencieux. On entendait juste un ou deux rires et le marteau du forgeron.

— Veux-tu entrer ? proposai-je.

— J'peux voir la grenouille ?

L'animal nous suivit du regard quand nous entrâmes. C'était vraiment une créature de rêve. Sa peau luisait comme la surface d'une pierre lisse et mouillée. Aucun bruit ne parvenait de la pièce de derrière. Alors, je soulevai doucement le couvercle et glissai une main dans l'aquarium. Je tentai d'attirer la grenouille en lui tendant un insecte, mais elle montra des signes de nervosité et se réfugia dans le coin opposé.

— T'es sûr que tu devrais ? murmura Polly, inquiète.

— Et pourquoi...

— Ne touche pas la grenouille ! aboya une voix derrière moi.

Je reculai aussitôt. Joe se tenait pratiquement contre moi et je ne l'avais pas entendu venir. Un vent glacial pénétra dans la boutique lorsque Polly ouvrit et referma la porte derrière elle.

— Je voulais juste montrer...

Joe replaça le couvercle.

— Tu ne dois pas y toucher, insista-t-il. Jusqu'à ce que tu aies gagné sa confiance, je suis le seul qui puisse le faire. Comprends-tu ?

J'acquiesçai et nous n'échangeâmes plus un mot pendant quelques minutes. Heureusement, le bruit de la porte vint rompre ce silence pesant. Une femme âgée et portant un monocle à son œil gauche entra d'une démarche hésitante. C'était notre premier client.

— Monsieur Zabbidou ? s'enquit-elle. J'ai un objet à mettre en gage.

Elle leva l'un de ses sourcils pour remettre son verre en place. Joe lui répondit par un large sourire.

— Une très belle pièce, annonça-t-il. Regarde, Ludlow, un pot de chambre !

Chapitre onze

Le visiteur de minuit

— Réveille-toi, Ludlow, il est là.

Joe secouait le bras de Ludlow. Celui-ci se redressa lentement et s'assit sur sa couche. Il entendit sonner minuit au clocher de l'église. Il frissonnait. Le feu s'était éteint et l'haleine de Ludlow se transformait en buée. Joe plaça une petite bûche sur les braises et alluma la lampe. Il posa deux verres et une bouteille remplie d'un liquide foncé sur le manteau de la cheminée. Enfin, il s'approcha de la table et y déposa son gros livre noir, face à une chaise qu'il indiqua à Ludlow.

— Assieds-toi là, lui dit-il. Ne fais pas de bruit et, quand je te ferai signe, écris tout ce que tu entendras dans ce livre. Je t'ai marqué la page.

Ludlow se secoua pour sortir de son sommeil et s'assit à

la table. Il examina le livre. Il était vieux mais en bon état, epais et juste un peu trop lourd pour tenir dans une main. Sur la couverture en cuir, des mots étaient inscrits en caractères dorés : « *Verba volant, scripta manent* ».

Le coin inférieur droit contenait deux grandes initiales, « JZ », gravées et rehaussées à la feuille d'or. Un ruban rouge marquait la page et une plume d'oie était posée dans la reliure. Les pages blanches luisaient dans la pénombre et Ludlow ne put s'empêcher de faire courir ses doigts sur la surface fine et lisse. Puis il feuilleta rapidement les pages précédentes. Elles étaient remplies d'une écriture ferme et craquaient légèrement. Bien qu'il n'ait reçu aucune instruction à ce sujet, Ludlow sentit confusément que Joe n'apprécierait pas son indiscrétion. Aussi, tout doucement, replaça-t-il le livre noir dans la position où il l'avait trouvé, ouvert à une double page vierge.

Sur le trottoir, Obadiah Strang attendait, pressant ses mains noueuses l'une contre l'autre. Il hésitait à frapper. À l'évidence, les vivants l'effrayaient plus que les morts. Nerveux, il fit demi-tour. Au moment où il commençait à battre en retraite, la porte s'ouvrit derrière lui.

— Obadiah, mon cher ami, l'accueillit Joe. Je vous attendais.

Il était sorti sur le trottoir et avait pris Obadiah par le bras. Une fois de plus, sous son regard pénétrant, la résistance du fossoyeur s'effondra. Il entra et s'assit sagement dans le fauteuil que Joe lui proposa près de l'âtre. Ludlow, tendu et attentif au moindre signe, ne bougeait pas un cil.

Il grimaça pourtant quand Obadiah referma les doigts sur le bras du fauteuil et qu'il en entendit craquer les jointures.

— Puis-je vous offrir un verre ? demanda Joe. Quelque chose de spécial, pour m'accompagner ?

Obadiah émit un grognement qui valait acceptation. Joe versa le liquide dans les deux verres et en tendit un au fossoyeur. Puis il s'assit, lui aussi, face à Obadiah.

— À votre santé, dit-il en levant son verre.

Obadiah goûta, d'abord une petite gorgée, puis une plus longue. Il n'avait pas l'habitude des spiritueux et n'en avait jamais essayé un de cet acabit. Il appréciait la sensation de chaleur que l'alcool lui prodiguait en cheminant le long de sa gorge. Ses épaules contractées se détendirent, il s'enfonça dans son fauteuil.

— Pourquoi suis-je ici ? lâcha-t-il.

Ce n'était pas ce qu'il avait prévu de dire, mais ce furent les mots qui jaillirent de ses lèvres.

— Parce que vous avez besoin d'aide, répliqua Joe.

— Et vous pouvez m'aider ?

Joe acquiesça et se pencha en avant.

— Quand je vous regarde, Obadiah, je vois un homme qui porte un secret. Un secret si lourd qu'il menace de vous engloutir. Il vous ronge, vous garde éveillé la nuit et vous poursuit le jour.

Il s'avança encore pour conclure.

— Vous ne pouvez pas continuer comme ça.

Les yeux d'Obadiah devinrent tout brillants. Une petite larme apparut sous sa paupière et coula au creux d'une des profondes rides qui couraient sur sa joue.

— Que puis-je faire ? sanglota-t-il.

La voix de Joe se fit apaisante, pleine d'espoir.

— Mettre en gage votre secret et vous libérer de ce terrible fardeau.

— Le mettre en gage ? Voulez-vous dire que vous seriez prêt à m'acheter mon secret ? Mais pourquoi ?

Obadiah semblait assommé. Était-ce l'effet de la boisson, ou étaient-ce plutôt la voix et le regard de Joe, qui lui ôtaient tout ressort ? Sa tête tomba un peu sur le côté, comme celle d'un homme qui se noie.

— Parce que c'est mon métier, répondit Joe. Je suis prêteur sur gages.

Obadiah secoua doucement la tête. Un peu de rouge monta à son front.

— Mais si je le mets en gage, pourrai-je le récupérer ? Sinon, vous le revendriez, n'est-ce pas ? Et si vous le revendiez, alors, ce ne serait plus un secret.

Obadiah aimait les raisonnements simples et logiques qui ne compliquent pas l'existence.

— Je suis sûr que vous apprécierez mes conditions, Obadiah, le rassura Joe. Si vous souhaitez récupérer votre secret, vous me verserez ce que vous avez reçu, plus une légère commission. Sinon, je le conserverai aussi longtemps que vous le désirez, votre vie entière si nécessaire. En fait, si vous ne le récupérez jamais, je le garderai jusqu'à ce que l'on vous mette en terre et même après, bien qu'à mon avis ce sera alors le cadet de vos soucis.

— Dans ce cas, ça me semble correct, monsieur Zabbidou.

— Commençons, sourit Joe. Je suis impatient de vous voir soulagé.

Il pencha la tête vers Ludlow, qui réalisa qu'il s'agissait du signal attendu. D'une main tremblante, le garçon saisit la plume. Il la trempa dans l'encrier et l'approcha de la page immaculée.

— Et vous jurez que vous n'en parlerez à personne ? s'inquiéta encore Obadiah.

— C'est juré, promit Joe. Sur ce que j'ai de plus précieux : ma vie.

— Alors, écoutez bien. Peut-être pourrez-vous m'aider. Dieu seul le sait.

Dans l'heure qui suivit, on n'entendit plus que la voix hésitante d'Obadiah et le crissement de la pointe de la plume sur le papier.

Le travail de Ludlow venait de commencer.

Chapitre douze

Le Livre noir des secrets
La confession du fossoyeur

Je m'appelle Obadiah Strang et je détiens un terrible secret. Il hante chaque instant de mes jours, chaque heure de mes nuits. Quand je parviens enfin à dormir, il me poursuit jusque dans mes rêves.

Je ne suis qu'un humble fossoyeur mais j'en suis fier. Je n'ai jamais trompé personne. Tout le monde a droit à un trou de deux mètres, pas plus, pas moins. Je vis de peu et je ne demande rien. Et je me contentais de mon sort jusqu'au jour où, il y a quelques mois, je suis tombé sous l'emprise de mon propriétaire, Jérémiah Ratchet.

La semaine avait été difficile. J'avais eu peu de travail et encore moins de gratifications. Quand le jour du loyer arriva, je n'avais pas l'argent. Vous avez sans doute entendu parler de Jérémiah Ratchet. Tout le monde le hait alentour et j'avais peur de ce qu'il pourrait me faire. Je fus donc surpris quand il me proposa de payer le double la semaine suivante. Je commis la folie d'accepter son offre. Quand il vint percevoir le loyer, il me réclama dix-huit shillings au lieu de douze.

— Il y a six shillings d'intérêts pour le prêt, m'expliqua-t-il avec son sourire huileux.

Bien entendu, je n'avais pas cette somme, si bien que, la semaine suivante, ma dette augmenta encore. Je payai ce que je pus et tentai de m'arranger avec lui. Mais Jérémiah Ratchet a un trou à la place du cœur. Quatre semaines plus tard, je lui devais tant que je perdis tout espoir de le rembourser un jour.

C'est exactement ce qu'il attendait.

— J'ai une proposition à vous faire, me dit-il, un moyen d'effacer votre dette.

J'avais désormais toutes les raisons de me méfier, mais je n'avais pas d'autre choix que l'écouter.

— J'ai besoin de vous pour un travail, quelque chose qui correspond parfaitement à vos compétences. Je vous fournirai les outils.

Quand il m'expliqua de quoi il s'agissait, ma colère fut telle que je lui demandai de sortir. Mais, une fois sur le chemin, il se retourna et m'appela :

— Si vous refusez, je vous fais expulser. Alors, réfléchissez bien. Vous savez où je suis si vous changez d'avis. Je vous donne une semaine.

Je passai la nuit suivante à me maudire. Comment avais-je pu me jeter dans les griffes de ce monstre ? Mais je ne pouvais plus reculer. Au lever du soleil, je fis dire à Ratchet de passer chez moi. Il vint aussitôt. Il m'avait apporté un seul outil : une pelle en bois.

— Ça fait moins de bruit qu'une pelle en fer, me dit-il. Tous ceux qui font ce métier le savent.

Peut-on appeler ça un métier, de déterrer des corps ?

Cette nuit-là, un peu après une heure du matin, je me rendis au cimetière, le cœur lourd. Je me haïssais pour ce que je me préparais à faire. Je connaissais la tombe en question. C'était moi qui l'avais creusée la veille, moi qui avais aidé à descendre le cercueil au fond du trou.

Et maintenant, c'était à nouveau moi qui creusais ce que j'avais rebouché l'après-midi même. À chaque pelletée de terre, je songeais à ce mécréant de Ratchet. Il avait bâti sa fortune sur le dos des pauvres. La moitié du village lui doit de l'argent.

Il s'était mis à pleuvoir et la lune disparut derrière les nuages, sans doute honteuse d'être le témoin de ma sale besogne. Le vent tourbillonnait autour de ma tête, la pluie ruisselait sur mon chapeau, le froid me gelait les mains. Avec l'eau, l'argile collait et j'avais le plus grand mal à extraire ma pelle du sol. Elle se détachait avec un long bruit de succion, comme si la terre mouillée était devenue vivante et qu'elle cherchait à l'attirer, et moi avec, dans les profondeurs de l'enfer.

La terre s'entassait sur le côté du trou et ma sueur se mélangeait à la pluie battante. Dans ma poitrine, mon cœur cognait comme un marteau de forgeron. De ma pelle, je heurtai enfin le bois. Je m'agenouillai alors et, avec mes mains, je nettoyai le dessus du cercueil. Le couvercle tenait avec un clou à chaque angle. J'introduisis la pelle dans la jointure et commençai à forcer. Le bois se fissurait, craquait, éclatait. Au moment où je murmurai en me signant « Seigneur Jésus, pardonne-moi », un éclair déchira le ciel de part en part.

Je découvris alors, dans l'éclat de lumière, le visage du pauvre défunt.

La confession du fossoyeur

Le cercueil était mal ajusté et de piètre qualité. Le mort n'était pas un riche. Mais qui l'est par ici ? Et riche ou pauvre, nous finissons tous en poussière, non ?

C'était un tout jeune homme. Son beau visage était intact malgré l'accident dont il avait été victime – il était tombé sous les roues d'une charrette. Ses mains pâles étaient croisées sur sa poitrine et son visage blême semblait paisible. Il en avait fini avec ses soucis terrestres. Les miens venaient juste de commencer.

J'hésitai une seconde, mais, vite, j'empoignai le pauvre par les épaules. Je le sortis de sa boîte et le remontai sur le bord de la tombe. À ce moment-là, je levai les yeux au ciel et je jurai que plus jamais je ne me chargerais d'un tel ouvrage.

Je pensais que, débarrassé du fardeau de l'existence et son âme envolée, un corps aurait été plus léger. En fait, il me semblait lourd comme un cheval mort. Je le tirai dans l'herbe entre les rochers jusqu'aux grilles du cimetière, là où Jérémiah Ratchet m'avait dit qu'on m'attendrait.

C'est alors que je les vis. Les deux hommes étaient vêtus de noir, leur visage dissimulé sous un capuchon. Sans un mot, ils empoignèrent le corps et le jetèrent à l'arrière de leur chariot. Ils le couvrirent de paille et partirent.

Je restai là, immobile, jusqu'à ce que le bruit des sabots des chevaux se soit éteint dans la nuit, puis je retournai à la tombe. Je travaillai comme un damné, pelletant avec l'énergie d'un démon, et, quand la terre fut remise en place, je rentrai chez moi.

Je me réveillai le lendemain avec la certitude d'avoir fait un cauchemar, quand j'aperçus la pelle. Elle était bien là, posée à côté de la cheminée. C'est tout juste si je pus me regarder dans le miroir.

Je n'étais qu'un vulgaire ravisseur de cadavres et les raisons pour lesquelles j'avais fait cela n'y changeaient rien. Il paraît qu'entre eux ces voleurs s'appellent des résurrectionnistes, comme s'il suffisait d'un beau nom pour modifier votre véritable nature.

À présent, le cadavre était sans doute déjà loin. Bientôt, il parviendrait à la City et serait livré au scalpel d'un chirurgien, dans une école d'anatomie. Tout cela dans l'intérêt de la science, prétendaient les docteurs. Ils payaient cher pour les corps. Jamais je n'aurais pensé qu'un jour je me livrerais à un aussi macabre et coupable trafic, qui remplissait les poches de Jérémiah.

Il vint frapper ce soir-là à ma porte.

— Mes hommes m'ont dit que vous aviez fait du bon travail.

Il n'aurait pu me faire pire compliment.

— Et où sont les objets de valeur ? me demanda-t-il.

— Les objets de valeur ? De quoi est-ce que vous parlez ? Ça ne vous suffit pas que j'aie déterré un corps ? Que vous faut-il de plus ?

Il continua comme si de rien n'était.

— Je sais de source sûre que ce jeune homme a été enterré avec une montre en argent et une alliance en or. Elles venaient de son père. Étrange coutume d'enterrer ce qui peut rapporter de l'argent, n'est-ce pas ?

J'avais peine à croire ce que j'entendais. Non seulement Ratchet avait fait de moi un voleur de cadavres mais il voulait qu'en plus je les détrousse.

— J'ai fait ce que vous demandiez, répondis-je. Ma dette est payée.

Il secoua la tête.

— Je crains que non, monsieur Strang. Vous me devez une

somme assez conséquente et, en plus, vous n'avez pas récupéré les objets de valeur. La prochaine fois, je vous conseille de faire plus attention.

— La prochaine fois ?

Mais je n'osai pas protester. Je venais de comprendre à quel chantage j'étais soumis. La prison est la plus petite peine encourue par un pilleur de tombes, et cela s'il a de la chance, car ce châtiment n'est rien à côté de ce qu'il risque s'il tombe entre les mains de la famille du défunt.

Voilà donc désormais six mois que Jérémiah m'oblige à faire ce sale travail. J'ignore combien de corps j'ai déterrés. Ce que je sais en revanche, c'est que, si je suis pris, ce n'est pas Jérémiah qui en subira les conséquences.

Cet homme profite des fruits de ma vilenie et je ne peux rien y faire. Je reste éveillé toutes les nuits, torturé par mes actes. J'ai trahi la confiance des villageois, une confiance que j'ai mis une vie à bâtir. S'ils l'apprenaient, ils me battraient à mort.

Jérémiah Ratchet. Je hais cet homme. Si j'étais certain de ne pas me faire prendre, je lui ferais sauter sa grosse et grasse tête d'un bon coup de pelle.

*

Ludlow hésita à inscrire la dernière phrase, mais comme il avait reçu l'ordre de consigner dans le livre tout ce qu'il entendait, il obéit. Le visage d'Obadiah avait la couleur de cendre de ceux qu'il exhumait. Ludlow posa sa plume, plaça une feuille de papier buvard entre les pages et ferma le livre.

Le fossoyeur se recula dans son siège, épuisé. Il se couvrit la figure de ses mains.

— Vous devez m'aider, monsieur Zabbidou. Je suis un homme brisé, fatigué de vivre.

Joe posa une main ferme sur le genou d'Obadiah.

— Chassez ces idées morbides, murmura-t-il. Elles ne peuvent que vous perdre. Il y a une justice dans ce monde. Elle ne se manifeste peut-être pas aussi rapidement que nous le souhaiterions, mais, croyez-moi, Jérémiah Ratchet en sentira le poids. Maintenant, rentrez chez vous. Vous retrouverez le sommeil et en aurez fini avec vos cauchemars.

— Vous savez, monsieur Zabbidou, soupira Obadiah, je crois que vous dites vrai.

Il se leva et s'apprêtait à partir quand Joe le retint.

— Votre paiement, comme convenu.

Joe lui tendit un petit sac de cuir. Les yeux d'Obadiah s'écarquillèrent quand il le soupesa.

— Je vous suis infiniment reconnaissant, monsieur Zabbidou. J'en ferai bon usage.

— J'en suis sûr, répondit Joe en lui serrant chaleureusement la main.

— Et Jérémiah ? risqua le fossoyeur.

Joe hocha lentement la tête.

— Soyez patient, monsieur Strang, soyez patient.

Chapitre treize

Extrait des mémoires de Ludlow Fitch

Ainsi s'acheva ma première et longue journée en compagnie de Joe Zabbidou. Il était plus de deux heures quand Obadiah nous quitta. Joe s'appuya contre la porte de la boutique et le regarda descendre la rue jusqu'à sa chaumière. Il patienta jusqu'à ce que les lumières soient éteintes et que l'obscurité ait retrouvé ses droits. Il rentra alors et verrouilla la porte. J'étais resté assis, le regard vide, face au livre refermé. Je méditais les phrases que j'avais entendues. Maintenant, je comprenais. « C'est le Livre des secrets, pensai-je, et Joe Zabbidou est le gardien des secrets. »

J'avais peine à croire que Joe m'ait permis de toucher un tel ouvrage, qu'il m'ait laissé y poser la plume. Combien aurais-je aimé l'ouvrir de nouveau et le lire d'un bout à l'autre ! Combien d'autres récits poignants et désespérés découvrirais-je au cœur de ces pages ?

Extrait des mémoires de Ludlow Fitch

Joe était resté dans la boutique. Je l'entendais parler à la grenouille. Vite, j'ouvris le livre et le feuilletai. Je survolai la première ligne de différentes confessions.

Je m'appelle Eleanor Hardy et je ne puis vivre avec mes mensonges plus longtemps...

Je m'appelle George Catchpole et je porte en moi le secret le plus honteux...

Je m'appelle Oscar Carpue. Dans un accès de rage et de folie furieuse, j'ai...

Ce fut tout ce que je parvins à lire avant que Joe ne revienne en sifflotant dans la pièce. D'un claquement, je refermai le livre et me levai brusquement, renversant la chaise.

— Regardons comment tu t'en es débrouilllé, dit-il en ignorant ma confusion.

Il prit le livre sur la table et examina ce que j'avais écrit. Je me sentais nerveux.

— Excellent, mon garçon, me félicita-t-il. Je n'aurais pas fait mieux.

Il plaça le ruban rouge sur la page blanche suivante et referma le livre.

Je n'étais pas habitué à recevoir des éloges et je sentis mes joues me brûler. Pour masquer ma gêne, je tendis le doigt vers les lettres dorées de la couverture.

— De quel langage s'agit-il ?

Le visage de Joe s'alluma.

— C'est du latin, dit-il, la langue de la précision. « Les paroles s'envolent, les écrits demeurent. » Rappelle-toi ces mots, Ludlow. Les gens croient dans ce qu'ils lisent, quel que soit ce qu'ils y découvrent.

Il redressa le livre et le tint debout entre ses mains.

— Ce livre contient des secrets très intimes, confidentiels. Ils ont un prix infini pour ceux qui me les ont confiés et il est de mon devoir de les protéger. Car ces confessions auraient également une grande valeur financière pour toute autre personne. Où que j'aille, il se trouvera toujours un esprit criminel et déloyal qui sera prêt à m'acheter ce livre, dans l'espoir d'en retirer un gain important ou pire. Voilà pourquoi nous ne devons en parler à personne en dehors de cette pièce.

A priori, Joe ne m'incluait pas parmi ces criminels. Pourtant, au même instant, dans ma poche, je sentis quelque chose de froid sous ma main et mon cœur s'emballa. Les montres ! Je les avais toujours sur moi. S'était-il rendu compte de leur disparition ? Je résolus de les remettre le plus tôt possible dans la vitrine.

Je hochai la tête.

— Je sais garder un secret, répondis-je.

— Disons plutôt que tu t'en crois capable, Ludlow. Je connais la nature humaine. La tentation est un fléau que nous devons tous redouter.

— J'y résisterai, promis-je. Donnez-moi seulement ma chance.

Pendant une seconde, je crus qu'il répondrait par la négative. Au lieu de ça, il se mit à rire.

— La chance ? C'est vrai qu'elle donne du piment à l'existence, Ludlow. Tu sais, j'ai connu quelqu'un qui jouait toutes ses décisions à pile ou face. Devait-il se lever ou rester au lit ? Il lançait sa pièce. Devait-il se mettre ou non à table ? Il lançait sa pièce. Il a vécu ainsi durant près de deux ans, puis, un jour, il est tombé gravement malade. Alors il a de nouveau lancé sa pièce pour savoir s'il devait ou non envoyer chercher le médecin. Et la pièce répondit oui.

— Et il a été guéri ?

— Eh bien, malheureusement pour lui, le médecin n'était pas parmi les meilleurs. Il s'est trompé dans le diagnostic et lui a prescrit un remède si fort que le pauvre est mort le lendemain.

Je ne comprenais pas ce que Joe essayait de me dire.

— Vois-tu, Ludlow, poursuivit-il, que tu prennes ou non des risques, la vie s'en chargera pour toi. Bon, où en étions-nous ?

Il caressa la couverture du Livre noir des secrets et son ton se fit plus solennel.

— Si tu décides de travailler pour moi, il y a des principes à respecter. D'abord, nous commençons toujours sur une double page vierge. C'est une règle impérative. Elle évite de revenir sur ce qui a été écrit auparavant.

Il prononça ces paroles avec un sourire qui en disait long. Il savait parfaitement que j'avais regardé le début du livre.

— Ensuite, quand nous avons fini, il faut ranger le livre à l'abri des curieux.

Devant moi, il plaça le livre dans l'endroit qui aurait semblé évident au premier venu : sous son matelas. Était-ce pour me mettre à l'épreuve ? Voulait-il vérifier que je ne le volerais pas ? Il me posa alors une étrange question.

— Crois-tu à la chance, Ludlow ?

Moi-même, je me l'étais souvent posée.

— Je crois surtout que certains ont plus de chance que d'autres. Ceux qui ne sont pas nés dans la City, par exemple.

— Je reconnais qu'il y a des endroits plus recommandés pour voir le jour, sourit Joe. En plus, la plupart de ceux qui y naissent n'en sortent jamais, jusqu'à leur mort. Mais toi, tu t'es débrouillé pour en partir.

— C'est que je dois avoir de la chance.

— Était-ce seulement de la chance ? me contredit-il. N'est-ce pas plutôt le destin qui t'a amené jusqu'à moi ?

— Le destin ? Il a été bien aidé par mes deux pieds !

Je m'en voulus de ma plaisanterie. Je redevins sérieux.

— Mais vous, en quoi croyez-vous le plus ? La chance ou le destin ?

Joe réfléchit un instant avant de répondre.

— C'est nous qui fabriquons notre chance, Ludlow, par nos actes et notre état d'esprit. C'est l'unique moyen de contrôler son destin. Il n'y a qu'une seule certitude : nous finirons tous en poussière.

Puis, à mon grand étonnement, il me tendit un shilling. Je m'attendais à tout, sauf à ça, mais j'acceptai.

— Tout travail mérite salaire ! dit Joe.

Puis il me fit un clin d'œil.

— Ajoute-le aux pièces que tu as déjà dans ta bourse.

*

Extrait des mémoires de Ludlow Fitch

Nous allâmes enfin nous coucher. Dès que j'entendis Joe ronfler, je retirai la brique du mur et glissai le shilling dans ma bourse. Puis je m'allongeai de nouveau, enveloppé dans la cape.

Le sommeil refusait de venir. L'histoire entre le fossoyeur et Jérémiah Ratchet me perturbait. Les voleurs de corps et les détrousseurs de cadavres sont considérés avec le pire mépris et je pouvais comprendre que le pauvre Obadiah se dégoûtât à ce point. Quelle ironie cruelle pour un fossoyeur d'avoir à déterrer des morts ! La pitié que j'éprouvais pour Obadiah augmenta mon ressentiment à l'égard de Ratchet. Certes, c'était lui qui m'avait amené au village, mais par hasard, et non par intention délibérée.

Une heure passa et je ne dormais toujours pas. Je ne savais plus où j'en étais. À ma place, P'pa et M'man n'auraient pas réfléchi longtemps avant d'assommer Joe pour s'emparer du Livre des secrets. Quant à la bouteille sur la cheminée, elle serait déjà vide, bien sûr.

Ils n'en auraient pas attendu moins de moi, leur fils. N'était-ce pas eux qui, depuis ma naissance, m'avaient inculqué le mensonge, le vol et la trahison ? Pourquoi, ici à Pagus Parvus, en compagnie de Joe, ces valeurs semblaient-elles fausses ?

Je restai étendu, en proie à la pire indécision. Ma conscience tenta bien de m'arrêter, mais j'ai honte d'avouer que, malgré la gentillesse et les mises en garde de Joe, je finis par succomber à la tentation. Comment aurait-il pu en être autrement de ma part ?

*

Avec les plus extrêmes précautions, je saisis le livre sous le matelas de Joe et le dissimulai au creux de mon bras. Je m'enveloppai de la cape et, sur la pointe des pieds, je gagnai la porte d'entrée. La grenouille me jeta un regard accusateur. Joe, lui, semblait toujours plongé dans un sommeil aussi profond que sonore. Je fus surpris de trouver le verrou ouvert. Sans bruit, je me glissai dehors.

Tout avait été incroyablement facile. Aucune lame de plancher n'avait craqué, aucun gond n'avait grincé. Une neige fine et légère avait recommencé à tomber. Des lumières brillaient aux fenêtres de quelques maisons. Elles projetaient une lueur pâle sur la surface blanchie de la rue. Comme la nuit précédente, la plupart des habitants de Pagus Parvus ne trouvaient pas le sommeil.

Désormais, il me suffisait de descendre la colline et personne n'entendrait plus jamais parler de moi.

Soudain, je sentis le cliquetis d'une des montres contre ma jambe et je m'immobilisai. Comment pouvais-je être aussi stupide ? J'étais dehors, dans la rue, au beau milieu de la nuit et en plein hiver, alors qu'à quelques mètres de moi quelqu'un était prêt à me fournir un bon lit, à me nourrir et à prendre soin de moi. Devant moi, il n'y avait rien, à part la neige et le froid.

Je me dépêchai de rentrer. Je replaçai les montres dans la vitrine et, priant pour que Joe ne se réveille pas, je glissai le livre sous son matelas. Puis je rampai vers la cheminée et me roulai en boule près des braises rougeoyantes.

Extrait des mémoires de Ludlow Fitch

Je me détestais pour ce que je venais de faire. Comment croire que, la veille, j'étais encore dans cette infecte City, réduit à la précarité des voleurs de bas étage et à la merci de parents qui n'avaient pas hésité à me trahir ? Ici, au moins, je gagnais de quoi vivre. Mieux encore, une existence fascinante m'attendait, plus mystérieuse que tout ce que j'aurais pu imaginer. « Ludlow, me dis-je, tu es un idiot. »

Je levai les yeux vers Joe qui dormait à poings fermés et je compris que, demain, après-demain ou les jours suivants, je ne retournerais pas à la City. Mon passé continuerait sans doute à me tourmenter, mais, avec Joe, j'avais un futur.

Chapitre quatorze

Grenouille et jambe de bois

Le matin suivant, une bonne odeur de pain chaud réveilla Ludlow. Joe se tenait debout devant le feu. Le talon d'un jambon grillait à l'extrémité d'un tisonnier.

— Juste à temps, annonça-t-il. Tu as bien dormi ? En ce qui me concerne, j'étais un peu perturbé.

— Assez bien, marmonna Ludlow en bâillant.

Joe jeta des tranches de pain sur une assiette et s'attabla.

— J'ai oublié de fermer la porte hier soir. Nous aurions pu nous faire assassiner cette nuit.

Les joues de Ludlow devinrent aussi brûlantes que le pain. Joe poursuivit d'une voix douce.

— Bien, maintenant que tu y as réfléchi, es-tu décidé à rester ? Ce n'est pas un travail difficile. Et tu me serais d'un grand secours.

— Oui, j'aimerais rester, répondit Ludlow. Beaucoup.

— Alors, à table ! C'est servi.

Dans la City, le petit déjeuner de Ludlow se résumait le plus souvent à un morceau de pain dur ou à une bouillie d'avoine moisie. À Pagus Parvus, dans la pièce du fond du gardien des secrets, chaque repas prenait des airs de festin. La table était couverte de pain grillé, d'œufs à la coque, d'épaisses tranches de jambon bien rose, d'un gros morceau de beurre et de deux jarres, une pour la bière, l'autre pour le lait frais. Il y avait même des couverts, que Ludlow n'utilisa pas de peur de se ralentir. Il fondit sur la nourriture comme un oiseau de proie. Joe l'observait, émerveillé par l'appétit du garçon. Ludlow engloutit une tasse de lait puis posa un regard gourmand sur le pâté en croûte posé au centre de la table.

— Le boucher l'a livré ce matin, expliqua Joe. Et le boulanger a apporté le pain. Quelle hospitalité !

— Ils voulaient peut-être juste que vous leur achetiez quelques vieilleries, persifla Ludlow.

Joe prit un morceau de pain qu'il avala avec une grande gorgée de bière. Puis il se tamponna le menton à l'aide de la serviette posée sur ses genoux. Ludlow, peu habitué à tant de distinction, s'essuya la bouche du revers de la manche. Puis, pour une fois, il attendit d'avoir fini sa bouchée pour parler.

— Vous savez, dit-il, je suis désolé pour Obadiah. Je pense que c'est un brave homme.

— Être brave n'est pas toujours suffisant, répondit Joe.

— Je suppose que des histoires comme ça, vous en avez entendu plein ?

— Et des bien pires, confirma Joe. Mais ce serait une maigre consolation pour le pauvre homme. Il a raison d'avoir peur. S'il était pris, il serait à coup sûr jeté en prison ou pendu à l'arbre le plus proche.

— Et Jérémiah ? Il est complice, non ?

— Il nierait. Et d'ailleurs, quelles preuves y a-t-il de sa participation ? Ce serait la parole d'un riche contre celle d'un pauvre. Le verdict est rendu à l'avance. Je crains en plus que Jérémiah ne tienne tellement les villageois en son pouvoir qu'aucun n'oserait l'accuser ou témoigner contre lui.

— Vous pensez qu'Obadiah aura assez d'argent ?

— Pour l'instant, oui. Au moins, il pourra payer son loyer. Mais je me méfie de ce que Jérémiah dissimule dans sa manche.

— Peut-être que nous pourrions trouver un autre moyen d'aider Obadiah ?

— Non, refusa Joe. Je ne dois pas m'immiscer dans le cours des choses. Notre travail consiste à garder des secrets. Quand ils sont consignés dans le livre, le sujet est clos. En fait, nous ne devrions même pas en parler.

— Alors, nous ne pouvons rien faire ?

Joe se mura dans le silence.

*

Ils n'arrêtèrent pas de travailler durant toute la journée. La vitrine de Joe s'agrémenta d'un vase à fleurs de style grec, d'une paire de bretelles en cuir avec des attaches en argent (dont une manquait), d'une solide paire de bottes éraflées (pas trop usées aux talons) et d'un ensemble de boutons décoratifs en cuivre. Le pot de chambre voisinait maintenant avec la jambe de bois dans le coin.

Vers la fin de l'après-midi, Ludlow corrigeait la disposition des boutons dans la vitrine quand il sentit le poids d'un regard. Trois garçons se tenaient debout dehors – les trois mêmes qui étaient dans la foule quand Joe s'était présenté aux villageois –, alignés par ordre de taille. Ils pressaient leur visage contre la vitre, mais, à l'évidence, hésitaient à entrer. Joe ouvrit la porte.

— Puis-je vous être d'une aide quelconque, mes jeunes amis ?

Le plus jeune fut le plus courageux.

— On n'a rien à mettre en dépôt, dit-il, on voudrait juste voir la grenouille.

— Bien sûr, s'esclaffa Joe. Venez.

Les trois garçons se bousculèrent pour entrer. Maintenant que le plus jeune avait décroché l'invitation, les deux autres le repoussaient derrière.

C'étaient les frères Sourdough. Leurs parents, Ruby et Alias, tenaient la boulangerie de Pagus Parvus. Ils s'approchèrent du bocal et observèrent avec curiosité l'animal aux couleurs vives. La grenouille récompensa leur intérêt en leur tournant aussitôt le dos.

— Ça s'appelle comment ? demandant le Sourdough du milieu.

— Pas ça, elle ! le corrigea Joe. Elle s'appelle Saluki.

— Que mange-t-elle ?

Joe ouvrit deux petits sacs. Le premier contenait des vers gluants qui se tortillaient et le second des insectes à carapace brillante. Il permit aux Sourdough de jeter quelques exemplaires de cette appétissante nourriture dans le bocal, au travers d'une fente dans le couvercle.

— Je peux la toucher ? demanda le plus jeune des trois.

— « Puis-je », le corrigea Joe. Je sais que tu peux. Ce n'est pas difficile de toucher une grenouille. Ce que tu désires, c'est ma permission.

— Puis-je ? demanda à nouveau le garçon, vexé.

— Non.

Les frères Sourdough réitérèrent pourtant leur demande à chacune de leurs visites, c'est-à-dire quotidiennement. Joe admirait leur optimisme et leur persévérance mais refusait invariablement, expliquant que Saluki n'était pas le genre de grenouille qui aimait être touchée.

— Elle s'enfuirait en faisant de grands bonds ?

— C'est une grenouille qui vit dans les arbres, répliqua Joe. Elle ne saute pas, elle grimpe.

— Où vous l'avez trouvée ?

Joe se fit songeur. Il accrocha ses pouces aux poches de son gilet et se balança doucement sur les talons, d'avant en arrière.

— Elle vient d'un endroit très lointain, à l'autre bout du monde, là où la terre s'incurve vers le sud. Vous n'imaginez pas les sortes d'animaux qu'on trouve là-bas.

— C'est vous qui l'avez attrapée ?

— Non, on me l'a donnée. Saluki est le cadeau d'un vieil homme à un jeune gars, tel que vous.

Les Sourdough ricanèrent.

— Oui, moi aussi j'ai été jeune, dit Joe.

Il avait toujours une histoire à raconter aux garçons quand ils venaient à la boutique. Ils étaient fascinés, hypnotisés. Il leur parlait de terres lointaines qu'il avait visitées ; de montagnes qui crachent du feu et des rochers incandescents ; de forêts où les arbres sont si hauts qu'il fait presque nuit au niveau du sol alors que les feuilles du sommet grillent sous le soleil. Il parlait de navires et de villes englouties qui reposent au fond de l'océan ; de terres gelées sur lesquelles le soleil ne se lève jamais. Pourtant, il y a une chose dont il ne leur parlait jamais, malgré leurs incessantes sollicitations.

— Et la jambe de bois ? imploraient-ils. Racontez-nous.

Mais Joe secouait la tête.

— Pas aujourd'hui, disait-il. Demain peut-être.

Chapitre quinze

Les langues se délient

Polly aurait donné cher pour passer autant de temps que les Sourdough dans la boutique. Mais si Ruby et Elias se réjouissaient de voir Joe divertir leurs fils, Jérémiah ne se montrait pas aussi compréhensif et les visites de Polly n'étaient ni aussi longues ni aussi fréquentes. Pourtant, elle appréciait ses conversations avec Ludlow. C'était d'ailleurs surtout elle qui parlait et lui qui écoutait. Dès qu'elle se lançait, il devenait pratiquement impossible de l'arrêter.

— J'sais pas c'qui s'passe dans cet endroit, gloussait-elle. Chaque fois que j'viens ici, j'ai l'impression qu'ma langue remue toute seule.

Ce qui tombait bien, car Ludlow aimait l'écouter. Le village et ses habitants excitaient sa curiosité, en particulier Jérémiah. Et Polly était ravie de lui raconter la vie dans la grande maison de son maître.

Elle l'informa sur les habitudes de Jérémiah (en général mauvaises) et sur ses exigences inconsidérées (nombreuses). Ludlow réalisa rapidement que la vie ne s'était pas montrée tendre envers Polly. Elle était dégourdie mais souffrait d'un manque d'éducation.

Ses parents étaient morts quand elle était enfant et Lily Weaver, la couturière du village, l'avait recueillie. Lily lui avait enseigné son métier, dans lequel Polly faisait preuve de beaucoup d'habileté, avant de réaliser qu'il n'y avait pas assez de travail dans le village pour deux couturières. La jeune fille ne devint alors qu'une bouche de plus à nourrir. Heureusement pour Lily, et malheureusement pour Polly, c'est à ce moment que Jérémiah Ratchet se mit en quête d'une bonne, si bien que la jeune fille empaqueta ses maigres effets dans un vieux baluchon de toile et traversa la rue pour se rendre chez Jérémiah. Elle y vivait et y travaillait depuis six ans.

— Ce n'est pas aussi épouvantable qu'on pourrait l'croire. Si j'fais mon travail, il s'plaint pas trop.

Néanmoins, elle semblait toujours fatiguée et affamée. Ludlow ressentait presque de la culpabilité à travailler pour Joe, l'exact opposé de Jérémiah.

— C'était mieux quand y avait Stanton Cleaver, déclara Polly un jour.

— Stanton Cleaver ? demanda Ludlow.

— Le père du boucher. Quand j'ai commencé à travailler chez Jérémiah, lui et Stanton soupaient ensemble presque tous les soirs de la semaine. Au moins, j'avais la paix.

— Qu'est-ce qui lui est arrivé ?

— Il avait le cœur fragile, du moins c'est c'qu'a annoncé le docteur Mouldered. Il est mort d'un seul coup. Ils l'ont mis en terre si vite que personne n'a vu le corps. Tout l'monde disait que c'était un homme bon mais j'en suis pas si sûre. Il se comportait vraiment mal avec son fils, Horatio. Du coup, après la mort de Stanton, il est plus resté un seul ami à Jérémiah. C'est pour ça qu'il a commencé à aller jouer dans la City. Il y va tout l'temps et j'sais jamais s'il va rentrer tôt ou tard. Mais il revient toujours saoul.

Elle soupira et continua.

— J'arrive pas à comprendre pourquoi t'es parti de la City pour venir dans cet endroit perdu au milieu de nulle part. C'était si horrible que ça ?

— Encore pire que ce que je t'ai dit, grinça Ludlow. Tu haïrais cet endroit, Poll. C'est rempli de bons à rien.

— Certains racontent que t'es parti parce que t'as commis un crime. Ils pensent que t'es en fuite.

Ludlow secoua la tête, les lèvres tordues par une moue un peu méprisante.

— Laisse-les dire ce qu'ils veulent.

— Et Joe ? Il vient d'où ? questionna encore Polly.

Ludlow haussa les épaules. Quand il interrogeait Joe à ce sujet, celui-ci évitait adroitement de répondre. Ludlow n'en savait pas très long à propos de son nouveau maître. Même quand il racontait ses histoires de pays du bout du monde aux Sourdough, Joe s'arrangeait toujours pour ne pas apparaître dans le récit.

— T'en fais pas, c'est pas grave, sourit Polly. Ce qui est

sûr, c'est qu'il met Jérémiah dans tous ses états. T'entendrais ce qu'il dit de vous deux ! Un jour, il va exploser.

*

Si Jérémiah pensait pis que pendre de Joe et de Ludlow, les villageois appréciaient la boutique du prêteur. À dire vrai, ils ne possédaient rien de valeur, mais, à la différence de ses confrères, Joe acceptait tout ce que les clients lui proposaient. Et comme promis, il payait un bon prix, y compris pour les objets les plus saugrenus et les plus inutiles : le chat empaillé un peu moisi et mangé aux mites en était un bon exemple. « Lembart Jellico lui-même n'aurait jamais accepté pareils articles », se disait Ludlow.

La plupart des clients arrivaient exténués par l'ascension de la côte. Joe demanda donc à son assistant de placer une chaise près de la porte, à l'extérieur de la boutique. Elle fut la bienvenue. Du comptoir, Ludlow les entendait souffler, tousser et se plaindre. Puis le bruit s'apaisait et ils se décidaient à montrer l'objet qu'ils avaient apporté. Joe le prenait et le faisait tourner dans la lumière pour l'examiner. Parfois (en fait, exceptionnellement), il chaussait son œilleton de bijoutier pour observer un détail. Pendant ce temps, les clients patientaient, anxieux, la respiration courte et les poings serrés, avec l'espoir que Joe accepterait de prendre leur objet, pourtant totalement dépourvu d'intérêt. Il disait oui, bien sûr, et les clients, soulagés et reconnaissants, se confondaient en remerciements. Il leur arrivait souvent, une fois partis, de revenir et de passer la tête par la porte pour un dernier merci. Parfois aussi, la personne restait, se balançant d'un pied sur l'autre, et demandait à regarder Saluki.

Joe accédait à sa requête, accompagnait l'amateur de curiosités animales et, sourire en coin, lui glissait :

— Et à part ça ?

Ainsi invité à se livrer, le client n'hésitait plus et abordait le sujet qui le travaillait : Jérémiah Ratchet.

— Vous êtes courageux, monsieur Zabbidou. Pas grand monde n'oserait affronter Jérémiah.

Ils faisaient référence au premier jour, quand Joe s'était opposé à monsieur Ratchet. Son attitude avait beaucoup impressionné les villageois.

La réponse de Joe était alors toujours la même.

— J'essaie de rétablir la vérité, c'est tout.

Déçus par cette apparente indifférence, ils insistaient.

— Il a mis une autre famille à la rue, vous savez ! Il a engagé des hommes de main pour les expulser. Et comme ces brutes portaient des masques, nous ne savons pas de qui il s'agit. Tout ça pour quelques pennies de loyer ! Ce n'est pas juste.

S'ils s'attendaient à ce que Joe prenne parti ou agisse, ils en étaient pour leurs frais. Car celui-ci hochait juste la tête, l'air triste.

— Comme c'est affreux, concédait-il. Vraiment affreux.

Chapitre seize

Extrait des mémoires de Ludlow Fitch

Dans la grisaille de la City, on respirait la poussière et les miasmes. À Pagus Parvus, la grisaille provenait plutôt des nuages qui semblaient ne pas vouloir quitter la région. J'appris vite que le temps y variait peu. Il ressemblait le plus souvent à celui que j'avais connu dès ma première nuit. Situé sur le flanc de la montagne, couvert de neige huit mois sur douze et baigné de pluie le reste de l'année, Pagus Parvus n'attirait pas les visiteurs et ceux qui habitaient le village le quittaient rarement. On y avait entendu parler – n'était-ce qu'une rumeur ? – de véhicules qui utilisaient leur propre énergie pour se déplacer, mais personne n'avait encore vu une de ces machines de métal et les routes qu'elles empruntaient ne venaient pas jusqu'à Pagus Parvus. Ici, quand on avait le choix, on préférait voyager en voiture à cheval, mais cela restait un privilège réservé à une minorité. La majorité se déplaçait à pied.

Extrait des mémoires de Ludlow Fitch

À l'exception de Joe, rien ne me retenait ici. Pourtant, je commençais à m'y sentir comme chez moi. Mon existence de pickpocket était déjà loin derrière moi et j'étais heureux de ne plus avoir à exercer cette profession. Je continuais malgré cela à porter les gants et l'écharpe de Ratchet. Son expression quand il les apercevait sur moi me comblait de joie.

Le soir après le souper, nous nous installions près du feu et nous conversions. Les sujets que nous abordions étaient variés mais menaient rarement à quelque chose d'essentiel. Joe n'était pas homme à se livrer et son visage, le plus souvent impénétrable, ne s'animait que lorsque nous parlions de Saluki. Il traitait sa grenouille comme une reine. Il la nourrissait des meilleurs insectes, escargots ou vers et les Sourdough venaient presque chaque jour pour assister à ce festin.

Nous parlions également de Ratchet. Quand la clochette de la porte résonnait, je m'étais pris au jeu de deviner s'il s'agissait d'un client ou juste d'un visiteur venu se plaindre de Jérémiah. Cette crapule était parvenue à dresser la quasi-totalité du village contre lui. Il passait ses journées à tenter d'expulser ses locataires ou à envoyer des hommes masqués le faire à sa place. Je trouvais incroyable que personne n'ait été capable – ou même simplement désireux – de se dresser contre lui.

— Pourquoi les gens du village vous parlent-ils autant de Jérémiah ? demandai-je un jour à Joe.

— Parce qu'ils sont impatients.

C'était le genre de réponses qu'il affectionnait, brèves et énigmatiques.

— Jérémiah est un véritable fardeau pour un si petit village, continua-t-il.

— Mais alors, pourquoi ne réagissent-ils pas ? Ils sont assez nombreux, non ?

— Jérémiah est malin, m'expliqua-t-il. Chacun des villageois est tellement étranglé par ses propres difficultés qu'il ne parvient pas à imaginer la force d'un groupe. Pour venir à bout de Jérémiah, ils doivent s'y mettre ensemble, mais leur peur et leurs soupçons les divisent. Ils sont persuadés qu'il a des informateurs dans le village.

— Vous pensez que les villageois se trahiraient les uns les autres ?

— S'ils s'y sentaient forcés, sans aucun doute, estima Joe. Et comme ils ne se font pas confiance, ils sont incapables de réfléchir à une action contre lui, certains qu'il serait mis au courant. Ils me parlent parce que je suis un étranger et que Jérémiah n'a pas de prise sur moi. Ne voyant aucune issue, ils se disent que moi, j'en trouverai une.

— Et le ferez-vous ?

Au fond de moi, j'espérais que Joe répondrait positivement.

— Même si la situation devait empirer, je ne peux pas changer le cours des choses, répliqua-t-il.

Cela signifiait que le sujet était clos.

Combien de fois ai-je entendu cette phrase dans sa bouche, je ne saurais le dire. Chaque fois, je m'interrogeais : voulait-il dire qu'il connaissait le cours des choses ?

Pourtant, tout en assurant qu'il ne souhaitait pas l'influencer, il devait bien admettre que sa seule présence ici avait déjà eu un effet notable sur l'attitude des villageois. Il était arrivé à Pagus Parvus comme un étranger, avait ouvert une boutique et, en quelques jours, avait suscité le respect et l'admiration de tous. Nous nous rapprochions de lui comme des papillons de nuit autour d'une lampe. Pour marquer sa présence, Joe n'avait pas besoin, comme certains, de parler fort ou d'agiter les bras. Sa voix était douce et ses propos mesurés. Toutefois, vous sentiez immédiatement quand il était à proximité.

De quoi Joe vivait-il ? Là encore, c'était un mystère total. Quel métier consiste à distribuer de l'argent ? N'était-ce pas ce qu'il faisait quotidiennement ? La vitrine se remplissait chaque jour un peu plus, il payait cher les objets qu'il achetait et cependant je l'avais rarement vu vendre l'un d'eux.

Et puis, surtout, il y avait le Livre noir des secrets. Les Pagus Parviens eurent vite fait de comprendre le bénéfice qu'ils pouvaient en retirer et, à minuit, Joe distribuait des sacs de pièces à l'envi. Les secrets ne manquaient pas, à Pagus Parvus.

Durant la journée, l'endroit n'était rien de plus qu'un petit village de montagne, aussi paisible que les autres. Mais dès que l'obscurité enveloppait les toits de son grand manteau sombre, le mal dont souffrait Pagus Parvus ressurgissait, comme réveillé par ces lueurs que je voyais danser derrière les fenêtres. Pendant mes nuits sans sommeil, j'observais la rue qui descendait la colline et je savais que chaque lampe qui brillait, chaque chandelle qui tremblait, dissimulait un secret. Des ombres passaient derrière les rideaux, des silhouettes arpentaient les pièces, et je devinais des mains qui se tordaient contre les fronts fiévreux et coupables.

Joe écoutait ces récits de malheur et, quelle qu'en fût l'horreur, n'exprimait jamais de jugement. Il payait bien, sans que j'aie jamais su sur quelle base il calculait la valeur d'un secret. Une fois, je lui avais demandé d'où provenait son argent et il m'avait seulement répondu : « Un héritage. » Son ton signifiait clairement que, pour lui, la conversation était terminée.

Elias Sourdough vint une nuit de sa boulangerie et nous avoua qu'il lui arrivait de couper sa farine d'alun et de craie. Cela lui rapporta quatre shillings. Quand Lily Weaver nous révéla qu'elle avait trompé ses clients sur la taille des étoffes en utilisant une mesure tronquée, il lui en versa sept. Polly elle-même s'éclipsa une nuit de chez Jérémiah pour nous rendre visite et nous déclarer qu'elle lui volait des couverts. Joe et moi le savions déjà. Polly était venue deux jours plus tôt pour mettre en gage un couteau et une fourchette et ce n'est qu'après son départ que nous avions remarqué les initiales gravées de Jérémiah Ratchet. Le toupet de Polly me sidéra. Elle savait parfaitement qu'il nous était impossible de les exposer dans la vitrine (quoique j'aurais adoré voir l'expression de Jérémiah découvrant ses couverts dans l'étalage). Finalement, Joe les réserva à notre usage personnel.

Chaque soir, Joe alimentait le feu et posait la bouteille de liqueur et deux verres sur le manteau de la cheminée. Je sortais le Livre noir de sa cachette et remplissais l'encrier.

Extrait des mémoires de Ludlow Fitch

Puis nous nous asseyions et attendions, lui dans son fauteuil près de l'âtre, moi à la table. Il était rare qu'au moment où la cloche de l'église sonnait minuit, nous n'entendions pas frapper à la porte. Je tenais bien mon rôle. Pendant la confession des villageois, je demeurais dans l'ombre et prenais note scrupuleusement, mot par mot.

Parfois, il était difficile de ne pas réagir à ce que j'entendais. Je coulais alors un regard discret vers Joe, dont les coudes reposaient sur les bras du fauteuil, ses doigts se rejoignant au centre en se touchant à peine. Son visage restait impassible, quelles que fussent les révélations. En de très rares occasions, je vis ses index se courber et, durant une infime seconde, dessiner quelques cercles dans l'air avant de se rapprocher. Mais jamais son expression ne trahit le moindre sentiment.

Chapitre dix-sept

Horatio Cleaver

— C'est un assassin, éructa le plus âgé des frères Sourdough. Y prend son tranchoir au milieu de la nuit et y se met en chasse de chair fraîche. De la chair humaine.

— Et il en fait du pâté, ajouta celui du milieu.

Le troisième frère, le plus jeune, ne dit mot. Il manquait de tomber dans les pommes.

Les trois Sourdough se tenaient debout, face à la vitrine du boucher. Ils le regardaient aiguiser ses couteaux. Ils aimaient entendre le chuintement des lames de métal et voir les étincelles en jaillir.

— Si vous êtes sûrs de ça, gémit le plus jeune, pourquoi y n'est pas en prison avec les meurtriers ?

Ses frères accueillirent sa question avec mépris.

— Parce qu'il n'y a pas de preuves, crétin. Tu ne peux pas jeter quelqu'un en prison sans preuves.

— Et les preuves sont dans le pâté, ajouta le plus vieux. Le temps qu'on découvre le meurtre, il est trop tard.

— Ouais, ricanèrent-ils à l'unisson, parce que le pâté est déjà boulotté !

Quand l'objet de ces calomnies, Horatio Cleaver, vit ces trois truffes humides collées à sa vitre, il rugit et courut à la porte en agitant ses couteaux dans leur direction.

— Allez fourrer vos sales nez autre p-p-part, cria-t-il.

Le trio décampa en hurlant de rire. Bras écartés et battant l'air à la recherche d'un équilibre précaire, ils dérapaient sur les pavés gelés.

Ludlow et Joe arrivèrent au moment où les Sourdough disparaissaient au coin d'une rue. Horatio était encore à la porte de son commerce, poings serrés, quand il les aperçut. C'était une vision étrange. Joe émergeait de la foule et sa haute taille n'expliquait pas à elle seule cette impression. Il avait beau boiter, ses grandes enjambées témoignaient d'une confiance en soi qui suscitait respect et envie. Aucun des natifs de ce village n'aurait été capable de négocier la pente abrupte et glacée avec une telle aisance. Ludlow, qui arrivait à peine au coude de Joe, piétinait derrière pour rester debout.

Horatio rentra et se faufila derrière son comptoir. Joe s'attarda un peu devant la vitrine et examina les marchandises du boucher. Ce jour-là, ce dernier proposait du « rautie de paur », du « faizan au pomes », ses meilleures « cotelettes d'agnau » et son « poulé au vinègre ». À n'en point douter, Horatio avait souvent fait l'école buissonnière.

— Je ne serai pas long, dit Joe à Ludlow.
Le garçon l'attendit dehors et regarda.

*

En tant que boucher, Horatio n'était pas, et de loin, le meilleur du comté. Heureusement pour lui, c'était le seul du village et les habitants devaient s'en contenter. En revanche, son défunt père, Stanton Cleaver, possédait encore une renommée qui dépassait largement les limites de Pagus Parvus pour son habileté à découper la viande. Il parvenait à dépecer un bœuf entier, de la tête à la queue, en moins de trois minutes, exploit qu'il renouvelait chaque année sous les applaudissements de la foule à la foire du comté. La vision de Stanton debout, Coupe des Bouchers brandie au-dessus de sa tête, le tablier dégoulinant de sang, les mains rougies, et hurlant sa joie sous les acclamations des spectateurs, demeurait pour toujours gravée dans les esprits.

Horatio s'avérait incapable de telles prouesses et il savait que, malheureusement, il ne succéderait jamais à son père sur le podium. Chaque jour, quand il tranchait les os et tailladait les tendons des côtelettes de ses clients, leurs soupirs de déception et leurs claquements de langue énervés étaient là pour le lui rappeler. Ils acceptaient néanmoins d'assez bonne grâce le paquet qu'on leur tendait, car, s'il contenait plus que ce qu'ils avaient demandé, ils savaient qu'à coup sûr ils paieraient moins qu'il ne valait. Horatio entretenait avec les chiffres d'aussi mauvaises relations qu'avec l'orthographe et le rapport compliqué entre un poids et un prix lui avait toujours échappé.

Les clients n'étaient pas les seuls à le considérer d'un œil méprisant. Le portrait grandeur nature de Stanton Cleaver, hachoir en main et ricanement aux lèvres, trônait en effet au-dessus du comptoir. Horatio sentait le poids de son regard dans son dos et cette présence avait tendance à le mettre mal à l'aise et à aggraver son bégaiement, un héritage des moments difficiles passés à son service. Heureusement, ce problème de prononciation se limitait aux « p » et n'était perceptible que lorsqu'il était nerveux ou en colère.

Stanton n'était pas un homme facile à oublier. Bien qu'il eût rejoint le cimetière depuis près de cinq ans, son souvenir restait bel et bien vivant. Horatio s'éveillait en pleine nuit, suffoquant comme si les mains du maître boucher lui entouraient le cou et cherchaient à l'étrangler. L'apprentissage d'Horatio avait tenu du chemin de croix. Stanton, frustré par le manque de dextérité de son pauvre fils, avait compensé cette déception par une extrême violence.

Horatio avait commencé à travailler alors qu'il dépassait à peine le comptoir et, avec les années, il s'était mis à ressembler à la viande qu'il côtoyait. Son corps, trapu comme celui d'un taureau, s'était épaissi et ses gros bras lisses et glabres étaient taillés comme des jambons. Sa peau, dont la teinte et la texture rappelaient celles du blanc de volaille, avait pris cette couleur crème qui tire légèrement sur le bleu. Sur son long visage aux narines dilatées, deux yeux bruns un peu bovins surveillaient l'entourage avec un doux intérêt. Le bout de ses doigts était large et carré. Enfin, pour un homme qui passait son temps à manier le couteau, il faisait montre d'une surprenante maladresse.

*

Horatio essuya la paume ensanglantée de ses mains sur son tablier grisâtre et salua Joe d'un accueillant « Bonjour » accompagné d'un sourire nerveux. D'un mouvement de tête, il indiqua la direction dans laquelle les Sourdough venaient de s'enfuir.

— Je devrais en faire de la chair à saucisse, plaisanta-t-il.

La lame de ses couteaux brillait dans la lumière. Dehors, Ludlow frissonna en voyant les éclats qu'ils renvoyaient.

Joe eut un rire poli.

— Je me présente, annonça-t-il. Joe Zabbidou.

— Le p-p-prêteur sur gages ?

Joe hocha gentiment la tête.

— Vous avez emménagé dans la boutique de la modiste. J'espère que vous ferez mieux que Betty P-P-Peggotty.

Joe leva un sourcil d'un air narquois. Horatio souffla sur ses énormes mains rouges. Il faisait à peine plus chaud dans la boutique que dehors.

— Elle fabriquait des chapeaux, continua Horatio. Trop chers, p-p-pensez ! Avec des p-p-plumes de p-p-paon ou d'autruche, des fleurs de soie et tout à l'avenant. P-p-pas ma tasse de thé. Trop huppé. Moi, j'aime les chapeaux plus simples.

Du bout du doigt, il indiqua son bonnet blanc de boucher.

— Oui, je vois.

— Elle ne gagnait pas assez, alors elle est p-p-partie à la City. Pour tenir une taverne, je crois.

De la paume de sa main, il cala une pièce de porc contre son étal et, sans penser à ce qu'il faisait, l'entailla de son couteau.

— Pas le bon endroit, ici, comprenez ! Bien trop haut sur cette maudite colline. P-p-personne monte plus jamais là-haut de nos jours, à moins d'être allongé dans une boîte. Et faut même les traîner ! Six chevaux, qu'il faut. Vous verriez le bruit du cercueil sur les pavés ! Ça réveillerait un mort.

Il s'interrompit, couteau en l'air, pour rire de son bon mot.

— Pourtant, ils montent jusque chez moi, dit Joe.

— C'est ce que j'ai entendu. Vous avez p-p-peut-être p-p-plus de chance qu'elle.

— Jérémiah Ratchet pense que non.

Horatio cracha avec mépris sur le sol couvert de sciure.

— L'a pas été long à mettre son grain de sel là-dedans, lui.

— Il se présente comme un homme d'affaires.

— P-p-peuh ! jeta Horatio. Cette fichue limace ! Je mettrais ma main au feu qu'il a conclu un p-p-pacte avec le diable. Il s'engraisse sur le malheur des pauvres. Il p-p-prête de l'argent puis dépouille ceux qui ne p-p-peuvent pas rembourser. Il vous met dehors rien que pour quelques jours de loyer qui manquent. Il saigne le village à blanc. Pas étonnant qu'il se soit si bien entendu avec mon p-p-père. Ils étaient taillés dans le même bois.

Il abaissa son couteau avec force. On entendit un os craquer. Une grosse tranche de porc sauta en l'air. Elle allait retomber sur le comptoir quand Joe l'attrapa à une vitesse stupéfiante.

Il posa les yeux dans le regard triste du boucher. Celui-ci chercha à le détourner, mais, de façon inexplicable, il s'en avéra incapable. Ses oreilles se remplirent de ce doux bruit que le vent produit quand il fredonne dans les feuilles des arbres. Ses jambes flageolèrent et ses doigts engourdis le piquèrent soudain, comme traversés par des dizaines d'aiguilles.

— Vous avez l'air de celui qui a besoin de s'enlever un poids de la poitrine, lui dit Joe de sa voix calme. Passez à la boutique ce soir. Je crois que je pourrai vous aider.

— Ça m'étonnerait, répondit Horatio tout bas.

Le regard de Joe l'hypnotisait.

— À minuit, insista Joe. Ainsi, personne ne saura.

— Peut-être.

Joe sourit largement et brisa le sortilège.

— C'est parfait. Alors à ce soir.

— Et ma côte de p-p-porc ?

— Je la mangerai au souper. Je vous paierai ce soir, quand vous viendrez.

*

La cloche de l'église sonnait minuit quand Horatio, serré dans son manteau, s'arrêta devant la boutique. Il leva le poing pour frapper puis s'immobilisa. Il hésitait, pesait le pour et le contre. Il était venu contre son gré et ne comprenait pas ce qu'il faisait là. Un peu avant l'heure du rendez-vous, ses pieds s'étaient mis en route et l'avaient mené en haut de la colline. Comment cet étranger pouvait-il l'aider ? Pire, comment pouvait-il savoir qu'il avait besoin d'aide ? Il se remémora l'étrange regard de Joe. On avait l'impression que cet homme vous dérobait vos plus intimes pensées.

Au moment où Horatio se décida enfin à frapper, Joe ouvrit la porte.

— Bienvenue, Horatio, l'accueillit Joe. Nous vous attendions.

Il accompagna le boucher dans la pièce du fond. Un feu y brûlait. Horatio déposa sa lourde carcasse dans le fauteuil et s'inquiéta lorsque celui-ci émit quelques douloureux grincements. Joe lui tendit un verre de son breuvage doré. Horatio en prit une longue rasade, suivie d'une seconde. Ses traits se détendirent et son œil s'alluma.

— C'est du costaud ! commenta-t-il.

Et il vida son verre.

— J'ai cru comprendre que vous aviez un secret à mettre en gage, l'encouragea Joe.

Horatio leva les sourcils, interrogateur.

— Qu'est-ce que vous voulez dire ?

— C'est mon métier, expliqua Joe. J'achète des secrets.

Le boucher considéra le prêteur sur gages, réfléchissant à la proposition.

— Bien, en voici un à vendre, se décida-t-il.

Ludlow se tenait prêt, assis à la table, le Livre noir ouvert devant lui.

Chapitre dix-huit

Extrait du Livre noir des secrets
La confession du boucher

Je m'appelle Horatio Cleaver et j'ai un terrible aveu à faire. Je me sens si coupable que j'en deviens fou. Je ne peux plus dormir. Je passe mes nuits à marcher, chez moi, à tourner et à retourner dans ma tête ce que j'ai fait. Je n'ai plus qu'un seul souci : me libérer de cet insoutenable fardeau.

Je sais qu'on me considère comme un bon à rien, en tant qu'homme et en tant que boucher. Je n'ai pas la dextérité de mon père, Stanton, et je suis le premier à l'admettre. C'était un modèle dans notre profession. Personne ne lui arrivait à la cheville en matière de découpe. Sa rapidité et sa précision étaient incroyables, il remportait tous les concours de bouchers de la région. On le surnommait Stan l'Éclair. À Pagus Parvus, on le considérait comme le plus grand héros depuis Mick MacMukle, le forgeron manchot capable de ferrer un cheval les yeux bandés.

Mais pour moi, c'était une brute.

Quand ma mère vivait encore, elle m'épargnait le pire. Malheureusement elle mourut jeune et je me retrouvai à sa merci. C'était un gars rusé, vous savez. Devant les villageois, il jouait les joyeux drilles, toujours prêt à complimenter les femmes et à plaisanter avec les hommes. Mais sorti de derrière son comptoir, dans la chambre froide, il devenait un autre homme. Un monstre. Il me battait chaque jour avec ce qui lui tombait sous la main : une cuisse de porc, un os de bœuf, et même des poulets pas encore plumés. Et tout ça en me ressassant que je devrais lui être reconnaissant de m'apprendre ce métier.

— Personne d'autre ne voudrait de toi, me répétait-il sans cesse.

Je tremblais si fort que, bien sûr, j'accumulais les maladresses et ça le rendait encore plus furieux. Il riait de mon orthographe et refusait pourtant que je fréquente l'école. Il se moquait de mon bégaiement, tout en sachant que ça ne faisait que l'augmenter. Comme punition ou pour s'amuser, il m'enfermait dans la chambre froide jusqu'à ce que mes mains deviennent raides de froid. Je ne pouvais même plus tenir un couteau.

Mon existence était misérable. Il me faisait coucher sur la sciure derrière le comptoir tandis que lui s'endormait là-haut, devant le feu de bois, avec un bon verre de whisky. Je voulais m'enfuir, mais il me terrorisait au point que je ne réussissais plus à penser. Même si je supportais sans rien dire les réprimandes et les coups de ceinture, j'étais comme un volcan au bord d'exploser.

Et puis, il y eut Jérémiah Ratchet. Mon père découvrit en lui une sorte d'âme sœur – en fait un goinfre animé d'un insatiable appétit pour l'argent. Ils s'asseyaient devant la cheminée dans le salon au-dessus du magasin et passaient des heures à siroter de la bière. Quant à moi, je devais les servir et satisfaire à tous leurs caprices.

Jérémiah prenait un malin plaisir à s'adresser à moi :

— Encore un p-p-peu de bière, s'il te p-p-plaît, Horatio.

Et les deux éclataient de rire.

— Rapp-p-pelle-moi, Horatio, le p-p-prix du p-p-porc, c'est bien douze p-p-pennies le kilo ?

Un jour, Jérémiah entra en riant.

— Je vois que tu as une nouvelle spécialité, lança-t-il à mon père.

Il tendit le doigt vers un écriteau dans la vitrine. C'est moi qui l'avais écrit. Il portait les mots : « Rat goût de mouton, trois pense la livre ».

— Du rat au goût de mouton ! hurla mon père.

Blanc de rage, il attrapa un poulet et m'en donna un coup sur le crâne.

Cette nuit-là, je compris que je n'avais plus rien à perdre. Le temps était venu de me battre. On dit que la vengeance est un plat qui se mange froid. Le mien fut bien chaud et très épicé.

Le soir suivant, mon père s'attabla devant une copieuse tourte aux pommes de terre, une de mes créations. Jérémiah vint se joindre à lui, comme il en avait l'habitude. Voir ces deux hommes manger avait quelque chose de répugnant. Une bouchée était à peine avalée qu'ils en engloutissaient une autre. La sauce leur coulait sur le menton, les os craquaient et ressortaient sous leurs grosses bajoues et la nappe était maculée de taches de gras.

J'assistai à ce spectacle, aussi écœuré que fasciné. Car ils étaient en train de manger une tourte très spéciale. Une tourte au rat, bien sûr.

Au petit matin, je fus réveillé par des gémissements qui provenaient de l'étage du dessus. Je trouvai mon père étendu sur son lit. Il grognait, geignait, bref agonisait. Son visage était couvert de boutons remplis de pus et des flots de sueur coulaient de son front. Sa respiration était saccadée et semblait douloureuse. Il se tenait l'estomac et, par moments, il laissait échapper des cris de douleur. J'appelai le docteur Mouldered, mais, quand il arriva, il nous parut évident qu'il n'y avait plus d'espoir. La mort le tirait déjà par les pieds.

Mouldered semblait perplexe :

— C'est sans doute un dysfonctionnement cardiaque... Quand même, ces boutons m'intriguent. Vraiment bizarre. M. Cleaver aurait-il été mordu par un rat ?

Je sentis mon visage devenir rouge vif et mon cœur s'emballer. S'il était malade de quelque chose, ce n'était pas d'une morsure de rat mais plutôt d'avoir mordu un rat ! Ou peut-être était-ce un de mes autres ingrédients. Ma recette était simple : aux pommes de terre, j'avais ajouté un rat mort et entier, poils, pattes et griffes compris. J'y avais mélangé quelques morceaux de souris, deux poignées de scarabées à coque noire, quelques mouches bleues bien grasses, un peu de jus de ver de terre, sans oublier le crapaud que j'avais trouvé écrasé par une roue de charrette.

Je veillai mon père une journée et une nuit. Il passa tout ce temps à agoniser et moi à m'en vouloir de ma stupidité. Certes, j'avais voulu me venger. Mais le tuer, jamais.

Pourtant, il mourut.

Il rendit son dernier soupir alors que j'étais penché sur lui. Que ressentais-je ? Du remords, de la culpabilité, de la rage. Du sou-

lagement, aussi. Je lui fermai les yeux, le couvris de son drap et appelai le docteur.

— Crise cardiaque, conclut-il simplement.

Il repartit presque aussitôt. Il n'avait même pas ouvert sa trousse.

Les villageois déplorèrent bien sûr sa disparition.

— Qu'allons-nous devenir sans Stanton ? se plaignaient-ils. Qui va représenter notre village dans les foires du comté maintenant ?

— Je pourrais essayer, tentai-je une fois.

Ils se tournèrent vers moi comme si j'étais un bout de cartilage dans un pâté bon marché.

Bref, avec la mort de mon père, ma vie aurait dû s'améliorer. C'était compter sans la culpabilité qui allait bientôt me consumer. Et Jérémiah Ratchet.

Il me rendit visite quelques jours plus tard. Je ne l'avais pas vu depuis ce repas fatal. Son visage était blanc comme de la couenne de jambon et ses yeux, injectés de sang, étaient enfoncés dans sa chair flasque.

— J'ai un os à te montrer, grommela-t-il. Ou devrais-je dire une patte ?

Il ouvrit la main et, sur sa paume, je découvris un minuscule mais caractéristique orteil de rat.

— Il s'était coincé entre mes dents. Je l'ai ôté après le repas que tu nous as servi, celui qui m'a rendu malade comme un porc ces trois derniers jours. Ce même repas qui a tué ton père. Je constate que tu n'as pas perdu de temps pour l'enterrer.

Mon cœur s'arrêta pratiquement de battre mais je tins bon.

— Monsieur Ratchet, que voulez-vous dire ? Si ce plat a tué

mon p-p-père, alors comment se fait-il que vous soyez toujours vivant ?

Ratchet plissa les yeux.

— C'est évident ! Je n'ai pas mangé la partie empoisonnée du rat.

Puis il se pencha sur le comptoir et s'approcha si près que je sentis son souffle fétide.

— Je t'ai à l'œil ! conclut-il.

Et il sortit, non sans s'être servi deux belles escalopes et une épaule de mouton. (Il ignora la tourte.) Et comme je commis l'erreur de ne pas protester, Jérémiah sut que ce qu'il m'avait dit était vrai.

Le destin se montre parfois cruel. Mon bourreau mort, un autre arrivait pour le remplacer et continuer à me torturer. Depuis, Ratchet vient me voir chaque semaine et prend ce dont il a envie. Une oie ou deux, un faisan ou une pièce de bœuf. Combien de temps cela lui suffira-t-il ? Que m'arrivera-t-il s'il me dénonce ? Je sais que j'ai eu tort. Dois-je pour autant rester sous sa coupe le reste de mon existence ? Cette agonie ne me laissera-t-elle aucun répit ?

J'ai conscience et honte de ce que j'ai fait, mais j'ignore combien de temps je pourrai supporter cette torture. Je n'ai pas dormi une seule nuit depuis que mon père a été mis en terre.

*

Ludlow posa sa plume, plaça un buvard sur la page et referma le livre.

— Je peux vous donner ce répit, dit Joe. Votre secret est maintenant en sécurité dans ce livre. Je vous le jure.

Horatio soupira et les lignes qui barraient son front s'effacèrent. Ses yeux se remirent à briller et il bâilla, la bouche grande ouverte.

— Je me sens déjà mieux.

Il se leva, hésita à accepter l'argent que Joe lui offrait, une somme substantielle.

— Monsieur Zabbidou, j'ai l'impression que c'est moi qui devrais vous payer.

Joe secoua la tête.

— Pas du tout, monsieur Cleaver. C'est un échange de bons procédés.

— Très bien, alors, répondit Horatio.

Il alla jusqu'à la porte, où il s'arrêta un instant.

— Je jure que je ne ferai plus jamais de pâté de rongeur. Pourtant, je ne peux pas nier que j'en suis parfois tenté. Chaque fois que Jérémiah Ratchet entre chez moi, qu'il se comporte comme s'il était chez lui, jouant les snobs et parfumé comme une poule, je vous assure que j'aimerais lui servir une de mes spécialités.

— Un jour viendra où vous n'aurez plus de souci à vous faire à propos de cet homme, l'interrompit Joe. Ratchet récoltera ce qu'il mérite. Soyez juste un peu patient, Horatio.

Il accompagna le boucher sur le trottoir et Ludlow resta assis à sa table, silencieux. Le récit d'Horatio lui rappelait des souvenirs qu'il aurait donné cher pour oublier. Ludlow savait ce qu'était la violence d'un père. Quel manque de chance de naître d'un homme pareil. Cela voulait-il dire pour autant que, depuis sa naissance, il était destiné à l'assassiner ?

Joe regarda Horatio descendre jusqu'à la boucherie. Il attendit qu'il soit rentré dans son magasin et que les lumières se soient éteintes, au premier étage. Alors seulement, il sourit. Horatio allait dormir ce soir. Mais combien d'autres n'y parviendraient pas encore ?

Chapitre dix-neuf

Une nuit agitée

Tandis que Joe compatissait aux malheurs des villageois, Jérémiah Ratchet, un peu plus bas sur la colline, était étendu sur son lit, tout à fait réveillé. Avant l'arrivée de Joe, il était exceptionnel de voir une lumière briller chez monsieur Ratchet après minuit. Un homme à l'âme noire dort souvent du sommeil du juste et Jérémiah ronflait d'un bout à l'autre de la nuit (au grand désespoir de Polly qui essayait de s'assoupir dans le grenier au-dessus). Être la principale cause des insomnies de Pagus Parvus ne troublait pas le moins du monde son repos.

Mais désormais, Jérémiah passait ses nuits à se tourner dans un sens puis dans l'autre. Il appelait Polly aux heures les plus indues, lui réclamait une boisson chaude ou un livre, ou des braises pour sa chaufferette. Pourtant, rien n'y faisait. Le sommeil l'avait abandonné.

Une nuit agitée

Jérémiah habitait en plein milieu de la montée, dans une maison qui faisait environ cinq fois la taille de celles qu'il louait à ses infortunés locataires. Il avait passé de nombreuses années à la remplir de trésors de toutes sortes. Cependant, au bout du compte, l'ameublement ressemblait à ses vêtements : prétentieux et difficile à supporter pour des yeux normaux. La maison comptait sept chambres (qui n'abritaient jamais le moindre invité), une magnifique salle à manger qui jouxtait une grande cuisine et un dortoir pour cinq domestiques dans le grenier (son avarice l'avait conduit à n'en garder que deux, Polly et le garçon qui s'occupait des chevaux, mais ce dernier dormait dans l'écurie).

Jérémiah prenait un plaisir infini à arpenter les couloirs sombres et moisis de sa demeure, les mains croisées dans le dos et l'air suffisant. Il se perdait dans la contemplation des portraits suspendus dans l'escalier : sept générations de Ratchet qui l'observaient, l'œil froid et la moue méprisante. Il admirait le brillant de son argenterie et se délectait devant le luxe de ses tapis d'Orient, tissés à la main par des artisans d'un lointain désert. Parfois, quand il passait la main sur leur surface, il croyait encore sentir des grains de sable sous ses doigts. Ce en quoi il n'avait pas tout à fait tort, car le ménage de Polly laissait à désirer.

Cependant, cette merveilleuse époque datait d'avant Joe Zabbidou.

Jérémiah avait percé Joe à jour dès l'instant où il l'avait aperçu, ce fameux matin. Il n'était pas remonté à la boutique depuis, et sûrement pas en plein jour, mais il connaissait par cœur le contenu de la vitrine. Il y envoyait régulièrement Polly – elle avait ordre de ne pas y entrer – qui devait lui décrire les objets avec force détails.

— Des pots de chambre usés et des vieilles bottes ! persiflait Jérémiah. Qui peut faire de l'argent avec ça ? Cet homme est un demeuré.

Des générations de Ratchet avaient profité des pauvres malheureux de ce village. À force de ruse, de menaces et de duplicité, Jérémiah avait continué la tradition. Il s'était rendu propriétaire de chaumières et de terres qu'il louait à des prix qui relevaient de l'extorsion. Il expulsait régulièrement ses locataires, histoire de leur apprendre ce qu'étaient les affaires, et les autorisait à reprendre possession des lieux contre un loyer plus élevé. Obadiah n'était pas le seul à subir son chantage. C'est ainsi que, petit à petit, la fortune de Jérémiah s'était considérablement arrondie.

À l'écouter, sa réussite n'était due qu'à son habileté en affaires. En fait, elle devait beaucoup à l'absence de concurrence et Jérémiah réalisa soudain que Joe pourrait être ce rival qu'il n'avait jamais eu. Malheureusement pour lui, Jérémiah ne possédait pas la boutique de l'ancien chapelier, ce qui l'irritait au plus haut point, presque autant que l'apparente bonne santé financière du prêteur sur gages. Car, pour Jérémiah, c'étaient l'argent de Joe et la générosité avec laquelle il le distribuait qui expliquaient la considération dont il jouissait auprès des habitants. Mais, se rassurait-il, cette prospérité ne pourrait pas durer, bien sûr.

Jérémiah fut donc très étonné que, deux semaines après l'arrivée de Joe, la boutique soit toujours ouverte. À en juger par le nombre de clients qui gravissaient la colline, le commerce de pots de chambre et de vieilles bottes devait finalement s'avérer rentable.

L'agacement de Jérémiah s'accrut encore quand Obadiah Strang le croisa dans la rue, l'air arrogant.

— Monsieur Strang, l'admonesta Jérémiah, j'espère que vous n'allez pas de nouveau vous défiler pour votre semaine de loyer. Je vous ai dit...

— Le voici, le coupa Obadiah, triomphant.

Il jeta un sac de cuir à Jérémiah, qui céda à la curiosité et l'ouvrit. La bourse était remplie de pièces.

— Tout y est, fanfaronna Obadiah. Désormais, ma dette est payée.

Le fossoyeur s'en alla tête haute et Jérémiah resta figé dans la neige, bouche bée. Puis, comme les passants commençaient à ricaner, il tourna les talons et se dépêcha de rentrer. Polly arriva alors de la cuisine.

— Quelqu'un a laissé ça pour vous, dit-elle.

Elle lui tendit la pelle en bois. Jérémiah poussa un juron. Il la bouscula et fila dans la bibliothèque. Il claqua si fort la porte que les fenêtres en tremblèrent.

Obadiah n'était pas le seul à avoir amélioré sa situation financière. Trois autres débiteurs avaient déjà soldé leur dette. « D'où tirent-ils tout cet argent ? » se demanda Jérémiah, et la réponse lui parut évidente : Joe Zabbidou.

L'humeur de Jérémiah devint de plus en plus détestable et c'est Polly et le garçon d'écurie qui en firent les frais. Il n'avait pas pensé possible que quelqu'un fût en mesure de payer ses dettes. Si les choses continuaient ainsi, il lui faudrait trouver un autre moyen de gagner de l'argent.

Récemment, il avait entendu dire qu'on pouvait tirer un profit substantiel de la vente de dents, fausses ou véritables. Curieusement, les riches souffraient plus de caries que les pauvres. Leur alimentation sucrée et épicée semblait favoriser ces maladies, bien plus que la nourriture grossière des miséreux. Les dames et les messieurs aisés étaient prêts à payer de grosses sommes pour boucher ces manques disgracieux avec de vraies dents et démontrer leur belle santé par un sourire éclatant. Jérémiah se demanda s'il n'aurait pas intérêt à se lancer dans ce trafic. La dernière fois qu'il avait fréquenté Le Doigt Agile, on lui avait parlé d'un certain Barton Gumbroot comme d'un expert en la matière. Il se promit de le rencontrer à son prochain déplacement dans la City.

En attendant, il lui fallait régler son compte à ce prêteur sur gages. Chaque fois qu'il pensait à Joe, cette espèce de haricot vert aux cheveux ébouriffés, il sentait ses dents grincer et un mal de tête pointer à la base de sa nuque. C'était comme ce garçon, cet assistant maigrelet et court sur pattes qui le suivait comme son ombre ! Il avait l'air rusé d'un petit démon. Il portait une écharpe et des gants qui lui rappelaient vraiment les siens, ceux que le cocher lui avait volés. Et ces grands yeux noirs ! Jérémiah n'avait jamais réussi à soutenir le regard de Ludlow. Il avait toujours détourné les yeux le premier.

Depuis l'arrivée de Joe, un sentiment d'insatisfaction permanent s'était insinué au plus profond de Jérémiah. Désormais, quand il marchait dans la rue, les villageois lui lançaient des regards obliques, ce qui l'énervait par-dessus tout.

Une nuit agitée

Il était persuadé que, malgré leur visage à l'apparence si triste, les passants qui le croisaient se moquaient de lui. Il entendait presque leur rire intérieur. Le village avait changé. Il le sentait dans l'air qu'il respirait. Il le sentait dans sa propre chair qui en frissonnait. Et il sentait surtout que ce changement était lié à la présence de Joe Zabbidou.

Jérémiah ne mit pas longtemps à être informé des visites nocturnes que recevait Joe. Mais de quoi s'agissait-il ? Couché dans son immense lit, fabriqué sur mesure à l'étranger, Jérémiah se retournait encore et encore. Il scruta le silence, si profond que le son le plus léger en paraissait décuplé, et il entendit quelqu'un marcher sous ses fenêtres. Il tenta d'ignorer ce bruit de pas en s'enfouissant le visage dans son oreiller mais il releva vite la tête. Il ne supportait pas l'odeur de sa propre haleine. Énervé, il s'assit, fronça les sourcils et tapota des doigts sur son dessus-de-lit. Et soudain, il entendit de nouveau le doux crissement de chaussures dans la neige, dehors. Il bondit de son lit et se précipita à la fenêtre. Il distingua plusieurs silhouettes qui montaient chez Joe Zabbidou. Il ne reconnut personne. « Qu'importe leur identité, se dit-il. Pour moi, ce sont de nouveaux soucis en perspective. » Debout dans sa chemise de nuit, il tendit un poing fermé dans leur direction et frappa du pied sur le sol avec furie.

— Cet homme doit disparaître, hurla-t-il dans la nuit.

Chapitre vingt

Extrait des mémoires de Ludlow Fitch

Si Joe fascinait les villageois, je suscitais, moi, l'intérêt des plus jeunes, en particulier de Polly et des Sourdough. Je n'avais jamais eu d'amis auparavant. À la City, les gens n'étaient attirés que par l'argent. Les frères Sourdough n'étaient pas comme ça. Ils me faisaient rire et leur compagnie me plaisait, sauf peut-être celle du plus âgé des trois. J'avais l'impression de ne pas pouvoir lui faire confiance. On ne savait pas vraiment ce qu'il pensait.

Polly, à la différence des Sourdough, s'intéressait moins à Saluki qu'à mon passé.

— Raconte-moi la City, me pressait-elle, j'veux tout savoir.

Alors, je lui racontais. Les rues, impasses sombres et si étroites que la lumière atteint difficilement le sol ; les trottoirs défoncés, couverts de détritus et de nourriture pourrie ; les animaux morts, les chiens et les rats en putréfaction ;

les flaques d'eau putride et les nuages de mouches qui bourdonnent à la surface. Je lui décrivais les pauvres hères, accroupis dans le caniveau, la main tendue pour mendier de quoi aller dans les tavernes, ou étendus ivres devant celles dont ils s'étaient fait jeter. Je lui parlais encore du froid glacial de l'hiver, si insupportable que les gens et les bêtes meurent et gèlent là où ils se sont couchés.

C'est au milieu de cet enfer sur terre que coulent le Foedus et son eau lente, aussi épaisse qu'une soupe. Sa puanteur tenace plane sur la ville comme un linceul. Le Foedus est traître, sournois. J'ai parfois vu ses flots secouer des bateaux attachés à quai, les faire s'entrechoquer, craquer, geindre et gîter au point qu'ils chaviraient presque. J'ai entendu les cris de frayeur des rameurs et des passagers des bacs qui traversaient ses méandres. Tous les habitants de la City craignent ses eaux troubles. Parmi ceux qui ont chuté dans ce cloaque, peu ont survécu. Le Foedus ne rend pas ses victimes. Il les entraîne dans ses profondeurs, aspire leur âme et leur souffle avant de les rejeter quelques jours plus tard, les yeux rongés, le ventre gonflé et chargé de gaz, au bord d'éclater.

Le Foedus, qui traverse la ville, divise sa population en deux parties. Les riches habitent sur la rive nord, les pauvres sur la sud. Un pont enjambe le fleuve. S'il a porté un nom dans les temps anciens, tout le monde aujourd'hui l'appelle simplement « le pont ». Ses arches sont bordées, de chaque côté, par des tavernes, des auberges et des hôtels de la pire catégorie et, dans ces repaires du vice, enfumés et infâmes, tous sont égaux, qu'ils viennent du nord ou du sud. Ils se battent, parient, boivent, assassinent. J'ai beaucoup fréquenté, moi aussi, Le Doigt Agile, l'antre préféré de M'man et P'pa, et de Jérémiah Ratchet.

Dans cette ville qui ne vit que par le crime, le châtiment frappe parfois, comme pour endiguer cette vilenie. C'est un vent mauvais qui se lève alors et, bien que j'aie honte de l'avouer aujourd'hui, j'ai largement tiré profit des méfaits de ceux qui achevaient leur existence à Gallows Corner, le mercredi, jour des pendaisons.

Pour la population, la cérémonie du gibet est presque un jour de vacances. La foule se délecte de ce spectacle autant que le futur pendu le redoute. Le condamné se tient debout à l'arrière d'une charrette. Il arrive de la prison d'Irongate et emprunte Melancholy Lane jusqu'à la place des gibets. Au départ, il affiche parfois un air de repentance, mais, à la fin du trajet, il apparaît juste brisé et misérable. En effet, les spectateurs ont pour habitude de bombarder la charrette de tout ce qui leur tombe sous la main : fruits pourris, vieux légumes ramassés dans le caniveau, parfois un cadavre de chat. Pour ma part, je n'ai jamais jeté ne serait-ce qu'une épluchure de pomme de terre à ces pauvres diables. Qui pouvait dire que ce ne serait pas moi, sur ce chariot, un jour ?

Quand le criminel (ou, une fois sur deux, la criminelle) grimpe les marches et qu'on lui passe la corde au cou, la foule applaudit. Pour moi, ces bravos étaient une sorte de signal, le moment de me mettre au travail. Profitant de ce que chacun avait les yeux rivés sur ce tableau atroce, je déambulais au milieu des spectateurs et les délestais de tout ce qui encombrait leurs poches. J'œuvrais ainsi jusqu'à ce que j'entende le bruit caractéristique de la trappe que l'on ouvre puis le sinistre craquement de la poutre sous le poids qui tombe. Un véritable rugissement jaillissait alors de la foule tandis que je m'esquivais, sans attendre de voir les spectateurs découvrir leurs poches vides.

Polly buvait chacun de mes mots. « Un jour, j'irai là-bas », répétait-elle, les yeux brillants. Et rien de ce que je lui disais ne parvenait à l'en dissuader.

J'ai raconté beaucoup de choses à Polly, mais je ne lui ai jamais parlé de M'man et P'pa. Je ne lui ai pas dit comment ils m'avaient exploité et battu ou ce qui m'avait poussé à quitter la City. Je garde pour moi seul ce qu'ils ont essayé de me faire, cette horreur qui revient dans mes cauchemars. La tête de mon père, penché au-dessus de moi, ses mains serrées autour de mon cou. À moins que ce ne soient les miennes autour du sien ?

Je ne pourrai jamais pardonner à mes parents ce qu'ils m'ont fait, bien que, d'une certaine façon, je leur en sois reconnaissant. Car les tribunaux jugent les pickpockets avec la plus grande sévérité et l'âge de ces derniers ne change rien à l'affaire. Si P'pa et M'man ne m'avaient pas chassé de la City, je sais qu'un jour ou l'autre j'aurais senti la corde serrée sur mon cou. Il ne fait aucun doute que mon corps aurait basculé dans le vide sous la sinistre fourche de cette potence.

Chapitre vingt et un

Stirling Oliphaunt

Les jours passaient et les habitants de Pagus Parvus étaient toujours plus nombreux à bénéficier des largesses de Joe, soit de jour, quand il surévaluait le prix de leur marchandise, soit de nuit, quand il monnayait leurs secrets. Et s'ils restaient silencieux sur cette chance qui commençait à leur sourire, il était évident que quelque chose se préparait. Joe apportait un souffle d'air frais à ce village qui en avait bien besoin, et depuis longtemps. L'endroit lui-même semblait avoir retrouvé des couleurs, comme si les habitations avaient pris une longue respiration et laissé la lumière y entrer. Un matin, tous les villageois présents dans la rue s'immobilisèrent en même temps. Les nuages venaient de se déchirer et, durant une minute ou deux, on aperçut un grand et beau pan de ciel bleu au-dessus de Pagus Parvus.

— C'est un miracle ! s'exclama Ruby Sourdough.

Bien sûr, les nuages revinrent et le ciel bleu disparut, mais cette vision fut suffisante pour se rappeler qu'il existait.

Miracle ou pas, le seul individu habilité à qualifier un tel événement était encore au lit. Il n'assista donc pas à cet épisode historique.

Il s'agissait du révérend Stirling Oliphaunt.

Depuis vingt ans, Stirling Oliphaunt se regardait dans le miroir chaque matin (rarement avant midi) et se félicitait de sa nomination à Pagus Parvus. Un homme de cette eau n'aurait pu rêver meilleure situation. Paresseux, négligé, ce rustre imaginait que des puissances supérieures l'avaient récompensé en lui accordant une vie facile. Quand il était arrivé dans ce village, il s'était arrêté devant les grilles de l'église et avait embrassé le lieu de son œil veule.

« Voici enfin ce que j'attendais depuis si longtemps, s'était-il dit. Cette pente doit bien faire dans les quarante degrés, sinon plus. »

À cette époque, les villageois étaient plus enclins à écouter la parole de Dieu, si bien que, à sa grande déception et durant les dix-huit mois qui suivirent, Stirling dut s'acquitter d'un sermon chaque dimanche. Mais son ton monotone et le caractère répétitif de ses sujets (le diable, l'enfer, la damnation, le soufre, le feu éternel et tout ce qui s'y rapportait) eurent raison de son assistance, qui se réduisit bientôt à la portion congrue puis à personne. Dorénavant, Stirling passait ses journées à se reposer, à déguster bons vins et mets savoureux aux frais de l'épiscopat. Il faisait ce qu'il jugeait bon de faire, c'est-à-dire peu. Il pensait encore à Dieu. « Car il y en a sûrement un, se disait-il. Qui d'autre que Lui aurait pu m'accorder de telles faveurs ? »

Cependant, les événements de ces dernières semaines perturbaient Stirling. De sa position dominante, au sommet de la colline, l'augmentation du nombre de villageois qui grimpaient la côte ne lui avait pas échappé. Au départ, il avait craint qu'ils ne se rendissent chez lui afin de lui demander un service. Il avait donc poussé un gros soupir de soulagement quand il avait réalisé qu'ils s'arrêtaient juste avant, à la boutique de Joe Zabbidou.

Stirling s'était bien accoutumé à cette vie aisée, paisible et sans exigences de la part de son troupeau. Quand Jérémiah lui avait demandé de fermer les yeux sur son trafic de cadavres, il n'avait vu aucune raison de lui barrer la route. Il en était chaleureusement remercié et accueillait les cadeaux qui provenaient de la cave à vins de monsieur Ratchet avec grand plaisir. Cette générosité, surprenante de la part de Jérémiah, avait pourtant une explication prosaïque. C'est lui qui buvait ses propres cadeaux quand, chaque jeudi, il rendait visite au révérend.

Stirling avait entrevu Joe Zabbidou et son jeune assistant au cimetière le premier matin, mais l'accueil de nouveaux membres à l'intérieur de la communauté ne faisait pas partie de ses habitudes. Plus tard, c'est Polly – selon un arrangement avec Jérémiah, elle venait chaque jour faire la cuisine et le ménage – qui lui apprit que la boutique du chapelier avait un nouvel occupant.

— Un chapelier ?

— Non, un prêteur sur gages.

— Un prêteur sur gages ?

Polly ne répondit pas. Stirling avait en effet tendance à transformer chaque phrase en question, artifice qui s'avère très précieux quand vous n'avez pas de réponse. Cette manie lui venait de sa précédente paroisse où ses ouailles, adeptes des grandes questions théologiques, s'étaient mises en tête d'inclure Stirling dans leurs débats.

— Un prêteur sur gages ? répéta-t-il.

Il réfléchit quelques secondes. Quelles conséquences cette arrivée pourrait-elle avoir sur sa position dans le village ? Aucune, conclut-il. Il pensa même que la présence de Joe ne changerait rien pour personne. C'est pourquoi l'animosité de Jérémiah vis-à-vis de ce nouveau venu le surprit.

La fin de l'après-midi s'annonçait tranquille et le révérend somnolait dans son fauteuil quand il fut brusquement ramené à la réalité par de violents coups sur la porte. Polly, qui alla ouvrir, se fit bousculer par un Jérémiah en furie. Il bondit dans le salon.

— Jérémiah ! l'accueillit Stirling. Quel plaisir ! Sommes-nous déjà jeudi ?

— Non. Mardi. Mais je dois vous entretenir d'une affaire importante.

— À propos d'Obadiah et des corps ?

— Rien à voir avec Obadiah. C'est ce damné prêteur sur gages.

Stirling se redressa dans son siège.

— M. Sobbi... enfin, peu importe son nom... N'est-ce pas un brave homme ?

— Brave ! vociféra Jérémiah. Brave ! Cet homme est l'incarnation du diable.

Épuisé par son accès de colère – et par la montée vers l'église – Jérémiah se laissa tomber dans un fauteuil en face du révérend. Polly lui tendit un verre plein, remplit celui du révérend et s'éclipsa. Elle aimait autant éviter la présence de ces deux-là et préférait de loin écouter derrière la porte.

Jérémiah avala son verre d'un trait. Il se pencha, attrapa la carafe et la posa sur le manteau de la cheminée, à côté de lui.

— Stirling, commença-t-il, ce prêteur sur gages est un obstacle pour les affaires. En particulier pour les miennes. Il a garni sa vitrine de la plus grande collection d'horreurs qu'on ait jamais vues. Et il paye pour ça.

— Et alors, quel problème cela pose-t-il ?

Stirling sentit qu'un mal de crâne s'annonçait et il fut pris d'une urgente envie de bâiller.

— Il offre des sommes folles pour des vieilleries qui n'ont pas la moindre valeur. Et j'ai bien peur que, bientôt, tous les villageois n'aient les moyens de régler leurs dettes.

— Je comprends, fit semblant de s'intéresser Stirling.

Afin de donner du poids à ce qu'il allait dire, Jérémiah se leva et pointa son index boudiné vers le visage du révérend.

— Et si ces gens n'ont plus de dettes envers moi, de quoi vais-je vivre ? Il faut que vous fassiez quelque chose. C'est mon train de vie qui est en jeu.

Désormais, Stirling était bien réveillé.

— Moi ? Faire quelque chose ? Mais quoi donc ?

— Vous allez convaincre ces rustres que Joe Zabbidou est un suppôt de Satan.

— Un suppôt de Satan ? Pensez-vous vraiment que ce soit la vérité ?

— Qu'est-ce que la vérité vient faire là-dedans ? ricana Jérémiah. Moi, je vous parle d'affaires. Et pour mes affaires, il est indispensable que vous persuadiez ces gens de cesser tout contact avec Joe Zabbidou.

— Ce ne sera pas évident, osa Stirling.

— Ça, c'est votre problème. Débrouillez-vous.

Chapitre vingt-deux

Le sermon du révérend

— Bonnes gens de Pagus Parvus, commença Stirling. Je vous implore de m'écouter.

« Je vous implore ? se dit-il soudain, paniqué. Est-ce le terme qui convient ? Tant pis, ça ira. Personne ici ne fera la différence », se rassura-t-il. La voix de Stirling tremblait presque autant que ses mains. Pourquoi ne s'était-il pas octroyé une seconde lampée de whisky ? Il se serait senti plus à l'aise. Voilà des années qu'il ne s'était pas adressé à une foule, et encore, jamais il n'avait parlé dans un environnement aussi hostile. Il neigeait légèrement et il se tenait debout sur une caisse renversée, en plein milieu de la rue principale, un peu au-dessus de la maison de Jérémiah. Un endroit stratégique, avait-il pensé. Il se racla la gorge et éleva la voix :

— En vérité je vous le dis, un ange m'a visité cette nuit.

Jusqu'alors, l'assistance ne comptait que trois pauvres mortels, en l'occurrence les Sourdough, armés de boules de neige et prêts à l'action. Quand les villageois l'avaient reconnu, ceux qui passaient par là l'avaient contourné, si bien qu'une multitude de pas entourait déjà son piédestal. C'est le mot « ange » qui les arrêta. Ces créatures célestes fascinaient leur imagination en mal d'images oniriques. Un cercle de nez rougis entoura bientôt Stirling.

— Un ange ? cria quelqu'un.

— Oui, un ange.

— T'es sûr de ça, Stirling ? railla Horatio. Elle serait pas plutôt sortie de la bouteille, ton apparition ? Le porto, ça fait souvent cet effet-là.

Le révérend rougit mais continua.

— Un ange, immense. Il est apparu dans les nuages et m'a sorti du lit.

Horatio ne fit même pas semblant de cacher son incrédulité.

— Et il t'a dit quoi, ton ange ? s'esclaffa-t-il.

— Il m'a dit : « Stirling, lève-toi, rassemble tes fidèles de Pagus Parvus et mets-les en garde. Car Satan s'est introduit dans votre communauté. Il se joue de vous, utilise ses subterfuges et son lucre diabolique... »

— Son lucre ? rigola Elias Sourdough. C'est quoi, c'te langage ? Y viendrait pas d'un pays étranger, ton ange ?

— L'argent ! corrigea Stirling. Le diable est parmi nous et tente de nous corrompre par son argent.

Job Wright, le forgeron, pointa le doigt vers la maison de Jérémiah.

— Y a qu'un seul diable ici, cria-t-il, et on voit pas beaucoup la couleur de son argent.

À ce moment, les rideaux bougèrent au premier étage et Stirling regretta de ne pas s'être installé plus haut dans la rue.

— Il ne s'agit pas de monsieur Ratchet, grimaça-t-il. Je parle de Joe Zabbidou, prêteur sur gages et suppôt de Satan.

Il avait pris un air inspiré et secoué son poing tendu vers le ciel. Des murmures se firent entendre et Stirling sentit qu'il avait enfin capté l'attention de l'assistance. Il se dépêcha d'enfoncer le clou.

— Joe Zabbidou est apparu parmi nous comme par magie. Il a surgi de la nuit, venant de nulle part. Maintenant, il cherche à vous attirer chez lui avec ses marchandises de luxe.

Ludlow, qui observait la scène du pas de la boutique d'Horatio, n'en crut pas ses oreilles. « Des marchandises de luxe ? Un pot de chambre ! Et vilain en plus. »

— Et alors, selon vous, quelles sont ses intentions à notre égard ? questionna Lily Weaver.

— Quelles sont ses intentions à votre égard ? répéta Stirling, par habitude.

Il n'avait pas prévu cette question. Il avait préparé son discours sans penser à une éventuelle opposition. À l'église, lui seul s'exprimait et la plupart des auditeurs s'enfonçaient vite dans une profonde léthargie.

Son silence commençait à peser.

— Eh bien, voyons voir, donc, ah oui, quand il vous tiendra dans ses griffes, il vous entraînera dans les Ténèbres.

Ce fut le mot de trop. Le lien ténu qui reliait Stirling à son assistance se rompit définitivement. Pour les Pagus Parviens, les Ténèbres n'avaient rien d'effrayant. Et ils n'avaient pas oublié les interminables sermons de ce révérend qui les assommait à en mourir avec ses sujets morbides. Ils commencèrent à parler à leurs voisins et même à s'en aller.

Dans un effort désespéré pour les retenir, Stirling haussa encore le ton. Il songeait à la caisse de porto que Jérémiah lui avait promise.

— Si vous entrez dans les Ténèbres, vous serez perdus pour toujours et brûlerez dans les flammes de l'enfer.

— Au moins, on aura chaud, s'esclaffa Obadiah.

Un grand rire secoua la foule.

— Ne vous moquez pas du diable, les avertit Stirling. Car il vous entend !

— Justement, révérend, intervint Ruby Sourdough, v'là votre démon qui arrive. Vous allez pouvoir l'interroger sur les Ténèbres.

Effectivement, Joe descendait la rue, de son pas vif, aussi à l'aise qu'une chèvre des montagnes. En le voyant marcher ainsi, un ou deux des villageois se demandèrent s'il ne portait pas des chaussures cloutées.

— Bien le bonjour à tous, fit-il en souriant. N'ai-je pas entendu quelqu'un mentionner mon nom ?

Bon nombre de spectateurs ne manquèrent pas de constater la curieuse coïncidence qui avait amené Joe en cet endroit, à ce moment précis.

— Savez pas, m'sieur Zabbidou, rapporta le plus jeune des Sourdough, Stirling, y dit que z'êtes le démon et que z'allez tous nous brûler en enfer.

Stirling protesta aussitôt. En fait, il n'avait pas prévu de se retrouver confronté à Belzébuth, mais seulement de le calomnier en son absence.

— Je n'ai pas dit cela, assura-t-il. C'est un péché de mentir, jeune homme.

— Si, l'a dit ! confirma Elias Sourdough à Joe. L'a dit qu'vous allez nous perdre 'vec vos artéfices, vos sufertuges, vos combines et vot' lucre.

— Je n'utilise pas de combines, sourit Joe. Vous savez qui je suis, non ? Un prêteur sur gages. Ai-je jamais prétendu autre chose ? Quant à mes artifices, je vous invite à venir les chercher. Peut-être y en a-t-il dans ma vitrine !

Un grand éclat de rire gagna la foule des spectateurs. Ils exultaient. Stirling se renfrogna. Il ramassa sa caisse et s'éloigna furtivement.

Chapitre vingt-trois

Extrait des mémoires de Ludlow Fitch

L'intervention de Stirling anima les conversations du village pendant trois jours entiers. Pour les habitants, l'humiliation du révérend apparaissait comme une pierre de plus dans le jardin de Jérémiah Ratchet (qui avait tout suivi de sa fenêtre, dissimulé derrière un rideau) et une victoire supplémentaire pour Joe Zabbidou.

Les hostilités étaient maintenant engagées. On aurait presque pu tracer la ligne du champ de bataille dans la neige.

La population de Pagus Parvus avait bien accueilli Joe, c'était indiscutable. Il avait reçu ses faveurs dès le premier jour, lorsqu'il avait défié Jérémiah Ratchet. Depuis, cet enthousiasme, loin de s'effriter, s'était considérablement accru. Lorsque les villageois le croisaient, ils le saluaient à la manière d'un roi. Je jure sur la vie de mon diable de père que j'ai vu plus d'un habitant s'agenouiller devant lui. Le pauvre Joe ne pouvait plus descendre ou monter la rue sans s'arrêter une bonne douzaine de fois. Il lui fallait répondre aux vœux de bonne santé et de prospérité financière qu'on lui adressait de toutes parts, ainsi qu'aux questions à propos de Saluki. Joe répondait toujours poliment. Cependant, malgré ses manières chaleureuses et amicales, je sentais que cette adulation commençait à lui peser.

— Je ne suis pas venu ici pour être vénéré, maugréait-il.

Une question me tourmenta bientôt, que je tournais et retournais durant mes nuits sans sommeil : « Dans ce cas, pourquoi êtes-vous venu ici ? » Je savais maintenant qu'une chose peut en cacher une autre et que ce qui paraît évident ne l'est pas toujours. Voici un homme qui arrive de nulle part, dans un village perdu, et qui dépense sans compter pour acheter secrets et objets dépourvus d'intérêt. Et quand je l'interroge sur son passé, non seulement il refuse de répondre mais il change aussitôt de sujet. La logique de ce comportement m'échappait.

Pourquoi manifestait-il une telle aversion pour la ferveur qu'il suscitait ? Je finis par mettre cette gêne sur le compte de la modestie et décidai de ne pas y accorder trop d'importance.

Tandis qu'il s'efforçait de rester dans l'ombre, je profitais en revanche de la gloire qu'il projetait sur moi. Quand j'arpentais les rues de la City, j'étais un inconnu, alors qu'à Pagus Parvus, on me considérait comme le prince du roi Joe. Bien sûr, c'était à lui qu'on désirait s'adresser, à lui qu'on voulait serrer la main. Il n'empêche que tous me parlaient et que l'on me souhaitait le bonjour. Cette bienveillance m'amusait. S'ils m'avaient aperçu dans les rues de la City, ils auraient changé de trottoir.

L'isolement du village contribuait sans doute pour beaucoup à accentuer le prestige de Joe (et le mien). Mais un curieux pressentiment m'envahit bientôt : si Jérémiah Ratchet demeurait à Pagus Parvus, cet engouement pour Joe ne pourrait durer éternellement.

*

Nos journées étaient bien remplies. J'effectuais ma tâche et Joe la sienne, toujours sans hâte ni frénésie. Au contraire, travailler dans cette boutique donnait parfois la sensation de marcher au ralenti. Je n'ai jamais vu Joe agir de façon brusque. L'urgence n'appartenait pas à son registre. Cette lenteur avait pourtant sa contrepartie. Elle distillait en nous l'impression de vivre dans une sorte d'attente, dans un de ces calmes qui précèdent les tempêtes.

En fin d'après-midi, quand l'animation retombait et que Polly et les Sourdough étaient repartis, nous regagnions nos sièges près de la cheminée et profitions de la chaleur et du plaisir de ne rien faire. Dans ces moments-là, je me disais que jamais je ne retournerais dans la City.

— Je n'y remettrai jamais les pieds, dis-je à Joe un soir.

— Ne dis jamais jamais, me répliqua-t-il. Les choses changent.

Il est vrai que ma situation avait bien évolué. À mes yeux, Joe était devenu ce père que j'aurais tant aimé avoir. Il m'avait offert de nouveaux vêtements et je me souviens de la joie avec laquelle nous avions regardé brûler mes haillons. Une fois toutes les deux semaines, je me plongeais dans une énorme baignoire de métal, remplie à ras bord d'eau brûlante et, chaque jour, nous avions droit à deux bons repas. Les Pagus Parviens se montraient toujours aussi hospitaliers et il se passait rarement une journée sans qu'on nous laissât un panier de nourriture devant la porte. Lapins, pigeons, moineaux (délicieux dans ces contrées, farcis d'oignons et d'ail) et, de temps en temps, un poulet entier de la part du boucher.

— Des pots-de-vin ! riait Joe. S'ils croient qu'il suffit de me gaver pour me faire changer d'avis, ils se trompent.

En attendant, cela ne l'empêchait pas de mettre la viande dans la marmite.

Les horribles souvenirs de ma vie précédente s'estompaient et mon esprit commença à me jouer des tours. L'existence m'apparut soudain trop généreuse à mon endroit. Au regard de mon passé et des crimes que j'avais commis, ne méritais-je pas plus d'être puni que récompensé ? J'exprimai mes doutes à Joe.

— C'est une réaction assez classique, me rassura-t-il. As-tu oublié ce que je t'ai dit à propos de la chance ?

— Vous m'avez dit que nous fabriquons notre propre chance.

— Exactement. C'est ce que tu as fait en venant ici. Et maintenant que tu travailles dur, tu mérites ce que tu gagnes.

— Mais je n'avais pas l'intention de venir ici, insistai-je. C'est le hasard qui a fait que la calèche de Jérémiah Ratchet soit stationnée devant Le Doigt Agile.

— Oui. Mais c'est toi qui as choisi de grimper à l'arrière.

— Et si, en arrivant, j'avais descendu la route au lieu de la monter ? J'aurais peut-être fini chez Job Wright, à ferrer des chevaux. Et vous auriez un des Sourdough comme assistant.

— C'est possible ! admit Joe. Sauf que les fils Sourdough ont le cerveau un peu lent.

— Je serais pareil qu'eux si je n'avais pas travaillé pour monsieur Jellico.

— Tu vois ! C'est bien toi qui as décidé de travailler pour lui, non ?

Et la conversation se poursuivait ainsi, chacun avançant ses arguments. Un soir, Joe me demanda :

— Te sens-tu heureux ici ?

— Oui.

— Et si tu pouvais revenir en arrière, dans la City, que changerais-tu ?

— Je ne sais pas. Si j'avais agi différemment, je ne vous aurais peut-être jamais rencontré.

— Exact, confirma Joe. Au bout du compte, c'est la somme de tes actions, bonnes ou mauvaises, qui t'a mené ici.

La discussion fut interrompue par la clochette de la porte d'entrée. Quand celle-ci retentissait, Joe, même plongé dans un profond sommeil, se réveillait aussitôt. Et s'il n'accourait pas, Saluki lâchait un énorme rot dès que quelqu'un s'approchait. Comme une sorte d'alarme.

Je n'aurais jamais cru qu'une grenouille puisse offrir une si agréable compagnie. Dès que j'en avais l'occasion, je prenais plaisir à la nourrir. Sa langue traversait la longueur de l'aquarium à une telle vitesse qu'on la distinguait à peine. L'insecte ou la larve était là et, l'instant d'après, il avait disparu. Je n'avais plus soulevé le couvercle depuis le jour de mon arrivée. Joe me l'avait interdit et j'obéissais. De temps en temps, il la sortait du bocal. Il la déposait dans la paume de sa main et lui caressait le dos avec une extrême douceur. Alors Saluki rotait et ses couleurs vives devenaient presque phosphorescentes. Je n'avais pas oublié ce qu'il m'avait dit, qu'il fallait gagner sa confiance. J'espérais que j'y parviendrais un jour.

Je garde un merveilleux souvenir de ces moments passés dans la boutique, de l'atmosphère chaleureuse qui y régnait et du contraste avec la froideur du monde extérieur. Celui-ci venait pourtant régulièrement frapper à la porte. Les villageois tenaient à exprimer leur reconnaissance pour tout ce que Joe faisait pour eux. Petit à petit, ils se libéraient de l'emprise de Jérémiah. Leur désespoir avait cédé la place à la colère. Ils en voulaient à Ratchet de ce qu'il leur avait fait subir, de la précarité et de la peur dans lesquelles il les avait entretenus pendant si longtemps. Maintenant qu'ils lui avaient donné l'argent qu'ils lui devaient, ils ne pensaient plus qu'à une chose : lui rendre la monnaie de sa pièce.

Un soir, nous reçûmes la visite du médecin, le docteur Samuel Mouldered. Je m'y attendais un peu. Fidèle à son habitude, Joe était allé le voir la veille et l'avait convié à la boutique. Comme celle de la plupart de nos clients nocturnes, son histoire valait la peine d'être consignée dans le Livre.

Samuel Mouldered était un individu assez sinistre. Il affichait en permanence une expression lugubre qui plaçait ses patients dans l'incertitude. Allaient-ils vivre ou mourir ? Heureusement pour eux, ils ignoraient que le docteur n'en savait rien lui-même. Car, en fait, Mouldered n'était pas médecin. C'était un charlatan qui n'avait dû son salut qu'à la fuite, après qu'un groupe de ses patients avait découvert que son médicament miracle n'était qu'un mélange d'orties et de vin bouchonné.

Pour un tel individu, Pagus Parvus était la cachette idéale. Il faut préciser pour être honnête que Mouldered était assez inoffensif. Depuis la dizaine d'années qu'il pratiquait la médecine dans le village, il exerçait en partant du principe que la plupart des maladies se guérissent toutes seules en sept jours. Il prescrivait donc une semaine de sa cure miracle (à ce moment un mélange de bière et de miel) et, généralement, celle-ci produisait d'excellents résultats. Personne ne s'interrogeait non plus sur le pourcentage anormalement élevé d'attaques cardiaques dans le district, son explication favorite en cas de décès. On faisait confiance au docteur et à ses diagnostics.

La plus grande peur de Mouldered était que Jérémiah ne découvre le pot aux roses.

— Je ne peux pas vous garantir qu'il ne l'apprendra pas, lui dit Joe, mais ce ne sera pas par nous. Je vous en donne ma parole.

Extrait des mémoires de Ludlow Fitch

Joe l'avait raccompagné à la porte. Cependant Mouldered rechignait à partir.

— Cet homme est un monstre, déclara-t-il. Voilà des années qu'il tient notre sort entre ses mains. Les villageois veulent se venger. Ils espèrent que vous les y aiderez.

— Que puis-je faire ? répliqua Joe. Je ne suis qu'un simple prêteur sur gages.

— Ce n'est pas leur avis, murmura le docteur avant de poser un pied sur le trottoir.

Joe haussa les épaules et tendit un sac de pièces à Mouldered.

— *Vincit qui patitur*, lui lança Joe.

Mais le docteur était déjà loin. Je jetai un regard interrogatif à Joe. Il traduisit.

— Qui attend vainc.

*

J'avais écouté la confession du docteur Mouldered. Puisque c'était mon devoir, j'avais pris note de ce que j'avais entendu. Mais ça n'avait pas été facile. Je demandai à Joe si nous ne devrions pas faire quelque chose.

— Il peut mettre des vies en danger, avançai-je. Le docteur ne se rend pas compte de ce qu'il fait.

Joe se montra inflexible.

— Il ne fait pas de mal. Et personne d'autre que lui ne peut faire ce métier dans le village.

Comme je protestais encore un peu, Joe me rappela que notre métier consistait à garder des secrets.

— Combien de temps crois-tu que nous durerions si nous ne gardions pas ces informations pour nous ? Notre métier serait immédiatement fini.

Notre métier ? songeai-je. En tout cas, si c'était un métier, il ne rapportait pas beaucoup. Bientôt la source serait tarie et que deviendrions-nous ? Mais je gardai mes doutes pour moi, car je m'étais glissé dans cette nouvelle existence avec tant de bonheur que je ne pouvais supporter l'idée d'en changer. Que je comprisse ou non ce qui se passait, je redoutais par-dessus tout de contrarier Joe.

Chapitre vingt-quatre

La stratégie de Jérémiah

Jérémiah Ratchet ne savait plus à quel saint se vouer. Il en avait plus qu'assez du mépris que semblait porter Joe Zabbidou à son rang dans la communauté. Cet homme était en train de mettre en péril ses affaires, son train de vie, son bonheur. Il ne supportait plus de prononcer son nom et, quand il le faisait, c'était pour le cracher, en expulsant par la même occasion quelques miettes et postillons. Jérémiah aimait ruminer ses idées en dînant.

Il utilisait rarement sa salle à manger. Il préférait prendre ses repas dans sa bibliothèque, posant un plateau sur ses genoux. C'était une pièce de grandes dimensions, peu éclairée et couverte d'étagères du sol au plafond. Celles-ci ployaient sous le poids d'un nombre considérable de livres. Car Jérémiah était un collectionneur. Il adorait posséder et cette raison seule lui suffisait. Il n'aimait pas lire. La concentration que cette activité exigeait lui donnait mal au crâne. Il s'était fixé comme règle de ne garder que les livres qui impressionnaient le visiteur ou ceux dont le prix augmenterait. Il affectionnait donc les titres obscurs, les ouvrages aux sujets incompréhensibles ou aux intrigues impénétrables. Jérémiah était le parfait exemple de ces personnes qui connaissent le prix de tout mais la valeur de rien.

Assis dans son fauteuil, il mâchonnait une bouchée d'agneau en songeant à Joe Zabbidou. Cet homme lui apparaissait comme la pire des menaces. Un peu plus tôt ce jour-là, Job Wright l'avait abordé devant la boulangerie et lui avait remis une bourse qui contenait la moitié de sa dette. Et, après le déjeuner, Polly lui avait dit avoir aperçu une paire de fers à cheval dans la vitrine du prêteur sur gages. Jérémiah en avait déduit qu'une fois de plus Joe Zabbidou venait de lui damer le pion.

— Ils sont tout brillants, vraiment jolis, avait ajouté Polly l'air de rien. À mon avis, Joe a dû en donner un bon prix.

Puis elle avait quitté la pièce en vitesse. Il était certain de l'avoir entendu ricaner dans le couloir. « J'aurais dû le jeter dehors dès le premier jour, se dit-il. J'ai trop tardé. » Mais Jérémiah savait très bien que ça n'aurait pas été si facile.

Il n'ignorait pas que les récentes capacités de ses débiteurs à régler leurs dettes étaient directement liées aux objets qui apparaissaient dans la vitrine du prêteur sur gages. Cependant, il estimait que Joe ne pourrait financer la dette de tout le monde et que, tôt ou tard, cette boutique serait à court de clients. La vie reprendrait alors son cours normal. Le problème était que Joe ne fonctionnait pas comme un commerçant normal.

Jérémiah dodelina de la tête. « Comment peut-il prospérer en payant des vieilleries une fortune pareille ? » se demanda-t-il pour la centième fois.

Chaque jour, il attendait que Polly soit revenue de chez le révérend Stirling pour savoir ce qu'il y avait de nouveau dans la boutique de Joe Zabbidou. Et ce que lui rapportait sa servante le déprimait toujours un peu plus. Il se souvint avec amertume de ce jour où il avait appelé Stirling à la rescousse. Comment en était-il venu à faire appel à un tel incapable ?

« Que puis-je faire ? » maugréa de nouveau Jérémiah. Une sourde angoisse l'étreignit. Ses revenus diminueraient bientôt. Quand tous les arriérés lui auraient été remboursés, le montant des loyers ne lui suffirait pas pour vivre.

Bien sûr, il lui restait des réserves en banque, mais, avec les années, sa passion des cartes avait déjà bien entamé l'héritage de son père. Et son train de vie fastueux n'arrangeait pas les choses. Il devait de l'argent à son tailleur, à son chapelier, à son perruquier, à son bottier. Quant à ses dettes de jeu, il préférait ne pas y penser.

Seul point positif, le chantage qu'il exerçait sur Horatio lui garantissait d'avoir de la viande fraîche à profusion. Car, du côté du trafic de cadavres, les nouvelles n'étaient pas bonnes, là encore. Et, cette fois, Joe Zabbidou n'y était pour rien. Ses hommes de main (qui lui servaient aussi d'huissiers quand Jérémiah avait besoin d'aide pour expulser un locataire) étaient venus le voir l'avant-veille.

— Les anatomistes de la City ne veulent plus de cadavres de vieillards, avait annoncé l'un des trafiquants. Ils exigent des jeunes et des corps bien frais.

— Comment est-ce possible ? avait pesté Jérémiah. Il n'y a presque jamais de corps de jeunes à Pagus Parvus.

— Ça peut peut-être s'arranger, avait fait l'autre homme.

— Que voulez-vous dire ? avait répliqué Jérémiah.

Les deux hommes avaient échangé un drôle de regard – leur masque noir ne leur simplifiait pas la tâche – et avaient éclaté de rire.

— Eh bien, disons que le jeune homme qui travaille en haut de la rue, dans l'ancien magasin de chapeaux, ferait un très beau spécimen.

— Ludlow ? s'était étranglé Jérémiah. Mais il est vivant. Et en pleine forme !

— Justement. Le plus frais est le mieux.

Durant quelques secondes, Jérémiah avait réfléchi à ce que ses hommes lui proposaient. Combien de fois avait-il souhaité ne plus jamais croiser le regard de ce garçon ? Mais non, même s'il aurait donné n'importe quoi pour sortir de l'impasse actuelle, le meurtre lui sembla comme une solution un peu trop extrême.

— Non, non, se dépêcha-t-il de dire. Je suis certain que ce ne sera pas nécessaire. Il doit y avoir un autre moyen. Vous vous y connaissez en dents ?

— En dents ?

— J'ai entendu dire que ça se vendait.

Le ricanement des deux hommes le dissuada de poursuivre.

— C'est bon, oubliez ça, conclut Jérémiah, découragé.

Les deux hommes hochèrent la tête.

— Dans ce cas, nous ne pouvons plus rien pour vous.

Payez-nous ce que vous nous devez et vous n'entendrez plus parler de nous.

C'est ainsi que s'était achevée leur fructueuse collaboration.

*

Abattu, voûté dans son fauteuil, Jérémiah était toujours assis devant son plat, auquel il avait à peine touché. Il n'avait pas faim et se sentait trop déprimé pour ouvrir un livre, y compris son ouvrage préféré : *La Solitude du berger des hautes montagnes*. L'intrigue était d'une simplicité déconcertante et le vocabulaire – les bergers sont connus pour ça – limité.

Si Joe demeurait dans le village et persistait à agir de la même manière, Jérémiah savait que ses ennuis ne feraient qu'augmenter. Il allait lui falloir prendre personnellement la situation en main.

— Pagus Parvus est trop petit pour nous deux, lança-t-il au mur d'en face. Un de nous doit quitter les lieux.

S'apitoyant sur son sort, il grimpa avec peine les escaliers qui menaient à sa chambre. Avant de se coucher, il ne résista pas à sa nouvelle obsession : jeter un coup d'œil par la fenêtre. Il aperçut la boutique du prêteur sur gages, en haut de la rue, et les volutes de fumée qui s'échappaient de sa cheminée, comme chaque nuit et jusqu'à l'aube.

— Mais qu'est-ce qu'il fait donc ?

Jérémiah ne savait toujours pas pourquoi Joe recevait ces visiteurs en pleine nuit et il manquait trop d'imagination pour formuler la moindre hypothèse. On lui avait rapporté que Joe donnait des conseils mais il n'avait pas réussi à en apprendre plus. Quand il posait la question à Polly, elle lui retournait invariablement un regard ignorant et vide.

« Si seulement je savais, songea Jérémiah, alors je pourrais agir. Mais quelle que soit la nature de cet étrange commerce, personne ne m'en dira rien, c'est certain. »

C'est ainsi que Jérémiah en arriva à la conclusion que ce mystère faisait partie du complot qu'ourdissait Joe contre lui. Ce qui lui donna encore plus envie d'en apprendre davantage.

Un matin donc, au moment où l'un des Sourdough livrait le pain, il l'intercepta à la porte de la cuisine et l'attrapa par la peau du cou.

— Viens là, j'ai un petit travail à te confier, gronda-t-il.

— Ça paye bien ? demanda le garçon.

Jérémiah rit si fort que le pauvre garçon eut droit à une vision panoramique de l'intérieur d'une bouche peu appétissante. La langue était marbrée, la luette bien grasse, les dents tachées, et des morceaux de viande de la veille étaient restés coincés entre les molaires.

— Pense plutôt à ce qui t'arrivera si tu ne t'en charges pas, menaça-t-il. Je dirai à ton père que je t'ai surpris à fouiller dans ma cuisine pour me voler. Ou quelque chose du genre.

Et par un tour de passe-passe qui aurait étonné Ludlow lui-même, Jérémiah sortit un bougeoir en argent de la poche du jeune Sourdough. Celui-ci, décontenancé, éclata en sanglots.

Jérémiah relâcha sa prise.

— Fais ce que je te demande, grogna-t-il, et tu n'auras pas d'ennuis. Tu vas me dire ce qui se passe chez ce prêteur sur gages.

Le garçon hésita, mais la crainte de son père le décida. Il n'avait pas le choix.

Il passa une semaine à geler des heures dans le froid. Un peu avant minuit, il allait se cacher derrière la boutique de Joe et attendait. Et, chaque nuit, le même manège se reproduisait. Il entendait des crissements de pas dans la neige puis des coups frappés à la porte. Joe sortait, accueillait le visiteur et s'installait avec lui près du feu. Dans un coin de la pièce, Ludlow écrivait à toute allure dans un épais livre noir. Le jeune Sourdough n'entendait rien de ce qui se disait. En revanche, il devina vite ce que contenaient les petits sacs que remettait Joe à son interlocuteur à la fin de la discussion. Il conclut bientôt qu'il ne pourrait pas en apprendre plus (il craignait également que Joe ne découvre sa présence) et, comme convenu, il retourna chez Jérémiah.

— Alors ? s'impatienta Jérémiah. Qu'as-tu appris ?

— Y parlent à Joe et Ludlow écrit ce qu'y disent dans un gros livre noir.

— Et c'est tout ?

Jérémiah ne s'attendait pas à un tel rapport. Le garçon acquiesça.

— C'qu'y disent vaut de l'argent. M'sieur Zabbidou les paie, des sacs entiers de pièces. Le docteur Mouldered, l'était là-bas l'autre soir. À sa tête, j'ai bien vu que c'qu'y racontait était important. Mon père y est allé, lui aussi.

Sur ce fait, Jérémiah était au courant : Elias Sourdough lui avait remboursé la moitié de sa dette.

— Et la grenouille ?

Il avait posé cette question en désespoir de cause, ne sachant pas exactement où elle allait le mener.

— Joe, y l'appelle Saluki. Y s'en occupe beaucoup. Y r'fuse qu'on y touche, mais lui, quèqu'fois, y la prend dans sa main. Moi, j'crois qu'elle vaut son pesant de shillings. J'ai jamais vu pareil animal.

Ces informations rendirent Jérémiah perplexe. Mais ce soir-là, dans son lit, après avoir retourné ce qu'il avait entendu dans tous les sens, il en arriva à la conclusion qu'au bout du compte le garçon lui avait appris ce qu'il désirait savoir

— Le livre ! cria-t-il presque.

Il se redressa d'un coup.

— La réponse est dans ce livre, bien sûr !

Le cerveau de Jérémiah fonctionnait à vive allure. Le contenu de ce livre, quel qu'il fût, avait coûté beaucoup d'argent à Joe. Si, d'une manière ou d'une autre, il venait à perdre ce livre – ou si on le lui volait ! –, il serait donc, en toute logique, prêt à payer cher pour le retrouver. Ou, encore mieux, peut-être accepterait-il de quitter Pagus Parvus et aussi de payer puisqu'il tenait tant à ce livre. Et Joe parti, tous les problèmes seraient résolus.

Jérémiah sentit l'excitation monter en lui. Il tenait sa revanche. Il en sentait déjà le goût subtil et délicieux. Mais le plan contenait encore une faille.

« Comment faire pour mettre la main sur ce livre ? » se demanda Jérémiah.

Il trouva la réponse juste avant le lever du soleil. Il était temps pour Jérémiah de rendre une petite visite à ce cher Joe Zabbidou.

Chapitre vingt-cinq

Quand le chat est parti...

Ludlow s'étira. Une bûche s'était séparée en deux dans la cheminée à côté de lui et une flamme avait jailli du bois sec. Cette chaleur fut la bienvenue. Joe avait depuis longtemps récupéré sa cape.

— Un jour, tu auras une cape comme celle-ci, Ludlow, lui avait-il dit. Mais il faut la gagner. La laine de Jocaste n'est pas bon marché.

Joe ne l'avait pas laissé sans rien. À la place de ce vêtement, il lui avait donné un grand coussin bourré de paille et deux larges pièces de laine, un peu rêches mais avec une bonne odeur de propre. Chaque soir, Ludlow se pelotonnait sur le matelas et se couvrait jusqu'aux oreilles avec les couvertures.

Il ne s'endormait pas facilement et, quand il sombrait enfin, des rêves effrayants le secouaient de tremblements et de gémissements. La plupart du temps, il se réveillait en nage, s'extirpant avec peine de songes étranges concernant un des villageois. Une fois, c'était Jérémiah dont la mauvaise odeur était si forte que Ludlow tordait le nez en dormant. Ou c'était Obadiah, toujours au fond d'un trou, toujours en train de creuser. Ou bien Horatio, qui mélangeait les ingrédients d'une de ses tourtes fatales. Les confessions des Pagus Parviens le hantaient au point que ses rêves viraient rapidement au cauchemar. Les villageois se perdaient dans une sorte de brouillard et le visage de son père apparaissait soudain au-dessus de lui. Les mains de P'pa sortaient de la brume, elles enserraient le cou de Ludlow et tout devenait noir. Le pauvre garçon se réveillait alors en sursaut, il bondissait du lit, allait jusqu'à la fenêtre pour vérifier qu'il n'y avait personne dans la rue et retournait enfin se coucher, poussé par le froid.

Chaque matin, Joe lui demandait comment il avait dormi et, chaque matin, Ludlow faisait la même réponse : « Bien, très bien, merci. » Joe levait alors un sourcil dubitatif mais n'ajoutait aucun commentaire.

Un matin, après une nuit particulièrement mauvaise où Ludlow s'était fait étrangler cinq fois, Joe lui annonça qu'il s'absentait pour quelques jours.

— Le temps tourne à l'orage et je serais étonné qu'il y ait beaucoup de clients, lui dit-il. Tu peux garder la boutique fermée, si tu préfères.

Ludlow, désireux de faire preuve de motivation, protesta un peu, quoique sans grande conviction. La perspective d'avoir cet endroit pour lui seul le tentait décidément trop.

— Quand reviendrez-vous ? demanda-t-il à Joe sur le pas de la porte.

— Quand j'aurai réglé mes affaires.

Ludlow comprit que Joe ne souhaitait pas s'étendre sur le sujet. Il le regarda partir en boitant vers le sommet de la colline, le long du cimetière.

Joe avait vu juste. Le ciel plombé menaçait et une couche de neige fraîche recouvrait les pavés. La rue était presque déserte, il n'était que cinq heures du matin. Dès que Joe sortit de son champ de vision, Ludlow referma la porte. Il rentra, sauta sur le lit de Joe et se rendormit aussitôt.

Quand il se réveilla quelques heures plus tard, il crut un instant qu'il avait dormi toute la journée, jusqu'au soir. En fait, c'était le milieu de l'après-midi, mais il faisait plus sombre et plus froid qu'à l'habitude. Dehors, le vent hurlait et secouait les murs et les fenêtres. Un peu de neige était tombée par le conduit de la cheminée, blanchissant le foyer. Ludlow s'affaira pour ranimer le feu presque éteint. Quand celui-ci retrouva de sa vigueur, le garçon alla se planter derrière la vitre de la boutique. La neige tombait si dru qu'il peinait à distinguer le village. Jamais il n'avait vu pareille tempête. L'enseigne portant les trois globes dorés était presque à l'horizontale et la neige s'accumulait déjà dans toutes les anfractuosités. La visibilité n'atteignait pas les trois mètres.

« Et Joe ? » se demanda Ludlow. Il espérait que son maître avait trouvé un abri. Soudain, une forme rouge passa au milieu des rafales. Quelqu'un était là, tout près.

— Mon Dieu, sursauta Ludlow. C'est Polly !

Il ouvrit la porte qui lui fut presque arrachée des mains par le vent. D'énormes flocons lui fouettèrent le visage. À moitié aveuglé par la neige, il se pencha.

— Polly ! cria-t-il. Polly !

Elle était si près qu'il aurait pu la toucher mais le vent soufflait trop fort pour qu'elle l'entende. Il s'avança alors au milieu des éléments déchaînés, l'attrapa par le bras et la serra contre lui. Le visage livide de la jeune fille s'éclaira un peu sous sa capuche. Ils firent demi-tour, rentrèrent et s'écroulèrent dans la boutique. La porte claqua derrière eux.

— Qu'est-ce que tu fais là ? haleta Ludlow.

Polly répondit par à-coups, en essayant de reprendre son souffle. Elle tremblait comme une feuille, le nez rougi par le froid.

— J'reviens de chez Stirling... Il en a rien à faire du temps... Il veut que j'continue quand même... à faire le ménage.

Ludlow secoua la tête, incrédule.

— Tu vas attraper la mort avec cette neige. Tu es gelée. Viens, je vais te donner un peu de soupe. Le feu est allumé. Tu vas rester jusqu'à ce que le temps s'améliore.

Polly hésita. Elle n'était entrée qu'une fois dans la pièce du fond, la nuit où elle avait avoué ses fautes. C'étaient des délits aussi variés qu'insignifiants, pour la plupart de menus chapardages dans la maison de Jérémiah. Polly ne s'estimait pas vraiment coupable et se pensait même en droit de s'octroyer ces gratifications. Elle avait pourtant tenu à se confier à Joe.

— Où il est ? questionna-t-elle.

Nerveuse, elle fouillait la boutique des yeux. Joe l'impressionnait et elle craignait d'avoir à affronter son regard gris et froid. Ludlow la rassura.

— Il n'est pas là. Il m'a confié la boutique.

Polly se détendit et suivit Ludlow jusqu'à la cheminée. Elle se colla au foyer.

— Monsieur Ratchet, il me tuerait s'il m'savait là, avec toi.

Elle rit.

— Ça l'dérange pas que j'vous espionne mais comme il dit : pas question de frate... je sais plus quoi avec vous deux.

— Fraterniser ? demanda Ludlow.

— Oui, c'est le mot que j'cherchais.

— Que veux-tu dire par espionner ? C'est pour ça que tu viens ici ?

Polly s'indigna.

— Bien sûr que non ! Ça m'donne juste une bonne excuse. Ton monsieur Zabbidou, il fait s'arracher les cheveux à monsieur Ratchet. Il veut tellement savoir ce qui s'passe ici qu'il m'a demandé de regarder tous les jours dans la vitrine et de lui dire ce que j'vois.

— Et qu'est-ce que tu vois ?

— Des vieilleries, répliqua-t-elle.

— Et puis ?

Elle vit le regard de Ludlow et s'empressa de préciser.

— Je ne lui parle de rien d'autre. Même pas du livre.

— Ça ferait peut-être du bien à Jérémiah de venir, un soir, risqua Ludlow.

— Oh, ça oui, j'suis sûre qu'il a bien un ou deux secrets à révéler.

Elle s'écarta légèrement du feu et fixa Ludlow.

— Et toi ? T'en as ?

— Moi ? rougit-il. Non. Tu veux dire quoi ?

— Allez, fais pas ces yeux de chien battu, le taquina-t-elle. J'demandais juste comme ça. De toute manière, avec ce que Joe te paie, j'suppose que t'as pas besoin d'avouer tes secrets.

— Humm, fit-il en se demandant comment changer de sujet.

— Tu sais, j'ai raconté un ou deux mensonges quand j'suis venue, dit-elle soudain. Quand j'ai su que Joe payait pour recevoir des secrets, j'ai cru que plus il les trouverait graves, plus il m'donnerait d'argent.

Elle s'interrompit brusquement et appuya le plat de sa main sur sa bouche.

— J'sais pas pourquoi j'te dis ça. Tu vas penser du mal de moi !

Puis elle se mit à rire.

— Arrête de m'regarder comme ça. Tu m'fais dire n'importe quoi !

Elle observa de nouveau la pièce.

— Alors, où il est ?

— Quoi ? demanda Ludlow.

Il aurait aimé que Polly cesse de poser autant de questions.

— Le Livre des secrets. Celui où tu écris.

— Il est caché, répondit-il fermement.

Sans faire attention, il avait jeté un coup d'œil vers le lit de Joe. Polly plongea aussitôt. Ludlow tenta de l'écarter mais il fut trop lent. Polly glissa la main sous le matelas et attrapa le Livre noir. Elle sauta sur le lit et souleva le livre hors de portée de Ludlow.

— Allez, on regarde ? Il doit y avoir des tas d'histoires incroyables, là-dedans.

— Non, protesta Ludlow, Joe me l'a interdit.

— Au cas où tu l'aurais pas remarqué, Joe n'est pas là, rit Polly. On n'fait rien de mal.

— Non ! répéta Ludlow.

Mais il ne semblait plus aussi convaincu. Après tout, que proposait Polly sinon ce qu'il avait toujours eu envie de faire ?

— J'ai promis à Joe, tenta-t-il encore.

— Il en saura rien, assura-t-elle. Et puis, t'en connais déjà la plupart.

— Seulement ceux de Pagus Parvus.

— Alors, on lit les autres, ceux d'avant, ceux qui viennent d'endroits où on n'connaît personne. Comment ça ferait du tort à quelqu'un ?

Ludlow trouva d'autant plus de logique à ces paroles qu'il brûlait de lire, lui aussi. Il s'assit sur le lit, gêné par des sentiments coupables qu'il oublia vite. C'était la première fois qu'il se retrouvait seul avec le Livre noir et déjà il était sur le point de trahir la confiance de Joe.

— Je propose qu'on commence par le début.

— Oui, acquiesça vivement Polly. La première histoire, la plus ancienne.

— D'accord, mais une seule, alors.

— Bien sûr, concéda-t-elle. Vas-y.

Elle lui tendit le livre.

— Mais c'est toi qui voulais le faire ! protesta Ludlow.

Il mit ses mains derrière son dos, comme si, en refusant de toucher le livre, sa trahison perdait de sa gravité.

— J'sais pas lire, idiot ! On n'a pas tous ta belle éducation.

Ludlow soupira et, incapable de résister plus longtemps, il prit l'épais livre des mains de Polly. À moitié rassuré, il souleva doucement la couverture, fit glisser son doigt vers la première page, la tourna et commença.

Chapitre vingt-six

Le Livre noir des secrets
La confession du fabricant de cercueils

Je m'appelle Septimus Stern et je détiens un horrible secret. Il me poursuit depuis près de vingt ans. Où que j'aille, je le sens, comme une ombre, prêt à resurgir lorsque je m'y attends le moins. Il me torture nuit après nuit et accroît chaque jour la haine que j'éprouve à l'égard de moi-même.

Mon cerveau est ma prison et vous, monsieur Zabbidou, êtes ma dernière chance de retrouver la liberté.

Je fabrique des cercueils et j'en fais le commerce. J'ai un talent certain pour ce métier. Avec les années, ma réputation a dépassé – et de loin – les limites de cette région et je ne suis jamais à court de travail. Il vous semble peut-être étrange que je vive du malheur des autres mais je ne suis pas un sentimental, monsieur Zabbidou. J'estime que je rends service à ceux qui en ont besoin et j'évite de m'interroger sur l'épreuve qu'ils traversent. Je crois largement mériter le profit que je retire de ce travail.

La confession du fabricant de cercueils

C'était un matin, très tôt, à la fin de l'automne. Un étranger entra dans mon atelier. Il me dit être médecin et insista pour que je l'appelle docteur Sturgeon. Il avait l'air sombre.

— Un de mes patients vient de mourir, me lança-t-il. Il me faut un cercueil.

Il semblait agité, mais c'est souvent le cas de mes clients. Je lui répondis que c'était mon métier et que je pourrais lui venir en aide.

— Je sais, continua-t-il. On m'a assuré que vous étiez l'un des meilleurs fabricants de cercueils. J'aimerais que vous me fassiez quelque chose de spécial.

De nouveau, je ne m'étonnai pas de sa requête. Je pensais qu'il désirait employer des matériaux luxueux, de la soie peut-être, ou une essence rare pour le bois. On me demande parfois des poignées et des plaques en or ou en argent. J'évoquai ces possibilités mais il secoua la tête.

— Non, voici ce que je souhaite. Vous vous souvenez sans doute de ce jeune homme qu'on a enterré alors qu'il était toujours vivant. Je bénis le ciel de ne pas avoir été celui qui l'a déclaré mort. Vous imaginez la détresse dans laquelle a été plongée la famille quand elle a appris plus tard qu'il avait tenté en vain de briser son cercueil.

Je me souvenais du cas, car c'était moi qui avais fourni le cercueil et je le dis au docteur Sturgeon. Le jeune homme avait été placé dans le caveau familial et, un mois plus tard, après la mort d'un autre membre de la famille, ils avaient découvert le cercueil renversé sur le sol. Ils l'avaient ouvert, mais il était trop tard bien sûr, le corps était déjà entré en décomposition. Les mains du défunt n'étaient plus posées sur les côtés et la bouche était grande ouverte, dans une expression de profond désespoir.

— Je veux m'assurer qu'un drame pareil ne puisse pas se reproduire, me dit le docteur Sturgeon.

Je songeai qu'après tout cette demande était respectable. Il avait donc imaginé un mécanisme qui permettrait à l'air de circuler au cas où le défunt se réveillerait et il me proposa de fabriquer un cercueil qui l'intégrerait. Quand nous nous mîmes d'accord sur le prix et sur l'essence du bois, je commençai aussitôt le travail. Sa suggestion n'était pas difficile à prendre en compte. En fait, il s'agissait juste d'un tuyau qui reliait le cercueil à la surface. Le docteur tenait cependant à ce que l'installation soit discrète (cela contrarierait le vicaire, m'expliqua-t-il). J'achevai l'ouvrage la nuit même et le livrai dès le lendemain, à l'adresse qu'il m'avait indiquée, un grand manoir en pleine campagne, à quelques heures de cheval d'ici. Le docteur m'ouvrit en personne.

— Bienvenue, me dit-il. Le maître des lieux est souffrant. Il m'a chargé de régler cette affaire.

Il m'invita à entrer. Nous traversâmes une pièce et je remarquai un homme – je présumai qu'il s'agissait du maître – assis immobile près d'une fenêtre. Il était vieux, très pâle et paraissait effectivement malade. Le docteur inspecta le cercueil sous tous les angles et m'interrogea longtemps sur la fiabilité du mécanisme. Il finit par être rassuré quant à son bon fonctionnement et nous transportâmes alors le cercueil dans la cave.

— C'est sa femme qui est décédée, m'annonça-t-il. Elle repose dans la cave, où il fait plus frais.

Descendre les escaliers avec ce fardeau n'était pas chose facile. Je m'arrêtai un instant, le temps de reprendre mon souffle.

— De quoi est-elle morte ? lui demandai-je.

— D'une infection, répondit-il.

Et ce fut tout.

Nous atteignîmes le sous-sol, où il faisait effectivement très froid. J'aperçus alors la femme, allongée sur une table. Elle était pâle, mais son expression était paisible et, contrairement à mon attente, elle ne présentait aucun signe de maladie. L'affaire me parut soudain curieuse et éveilla mes soupçons. La femme semblait si calme qu'on avait peine à la croire morte. Pourtant, elle semblait sans vie. Une odeur bizarre flottait dans la pièce, que j'attribuai à l'humidité ambiante.

— Quelle tragédie, soufflai-je.

— Oui, assurément, répondit le docteur.

Malgré le froid, je vis qu'il transpirait. Il prit la main de la femme dans la sienne et il la caressa avec une telle tendresse que j'en fus embarrassé. Après tout, ce n'était pas sa femme.

— Si jeune et si belle, me dit-il. Le vicaire doit venir cet après-midi pour qu'on l'inhume dans le carré réservé à la famille.

Quand le cercueil fut prêt, le docteur parut pressé de me raccompagner à la porte.

— Vous ne devriez pas tarder, me conseilla-t-il. Le temps se gâte et le jour baisse, et je n'aimerais pas vous savoir sur la route en pleine nuit. La région est connue pour ses voleurs de grand chemin.

Je déduisis de son ton que j'avais abusé de son hospitalité et je pris congé. Le temps ne semblait pas plus mauvais que le matin. En fait, il s'était même éclairci. Qu'importe, j'étais heureux d'avoir quitté cet endroit et j'avais été bien rétribué pour mon travail. J'aurais dû me sentir totalement satisfait. Pourtant, un doute tenace s'était insinué en moi, bien que je fusse incapable d'en préciser la nature. Les jours qui suivirent, je ne parvins pas à me débarrasser de cette odeur qui flottait dans la cave.

Quelques mois plus tard, le hasard m'amena de nouveau dans cette région. J'arrivai à un embranchement sur la route et, par une sorte d'instinct, je pris la direction qui menait au manoir. Je m'arrêtai devant la grille fermée. Je remarquai que la maison l'était aussi et que les jardins avaient été laissés à l'abandon. Un écriteau annonçait que la propriété était à vendre et que les personnes intéressées pouvaient s'adresser aux agents Cruickshank & Butterworth dans la ville voisine. C'était justement ma destination et, comme j'avais du temps, je passai les voir. Monsieur Cruickshank, un gentleman très affable, me reçut. Quand je lui demandai ce qu'étaient devenus les propriétaires, il répondit avec bonne grâce à ma question.

— Curieuse affaire, me dit-il. La femme meurt en premier, bientôt suivie de son mari. C'est leur fils unique qui a hérité de la propriété. Il est parti à l'étranger et nous a chargés de mettre ses biens en vente. Il devrait en retirer une petite fortune.

— Le fils ? questionnai-je.

— Oui, un médecin.

— De quoi est mort le vieil homme ?

— C'est encore plus étrange. Le soir même de l'enterrement de la femme, le docteur entendit crier dans la chambre de son père. Il monta et découvrit le vieil homme à moitié mort dans son lit, presque incapable de parler. Il réussit néanmoins à expliquer qu'il s'était réveillé et avait découvert sa défunte femme, agenouillée sur lui, essayant de l'étrangler. Il est mort juste après. C'est le choc qui l'a tué. Il avait une faible constitution et un cœur malade. Quel malheur pour le fils ! Perdre son père et sa belle-mère en même temps !

— Vous voulez dire que la femme n'était pas sa mère ?

— Non, me répondit monsieur Cruickshank. Sa vraie mère était morte quand il était enfant et son père s'était remarié. Sa nouvelle épouse était la plus belle femme que j'aie jamais vue. Elle avait presque quarante ans de moins que son mari. Je n'ai d'ailleurs jamais compris ce qu'elle lui trouvait.

Je remerciai monsieur Cruickshank de m'avoir accordé de son temps et je repartis. J'étais encore plus perturbé qu'auparavant. Si ma curiosité était satisfaite, mes soupçons, eux, ne s'étaient pas dissipés.

Puis je m'arrêtai chez le pharmacien de la ville pour acheter un remède contre la toux. Quand j'entrai, je fus saisi par cette odeur reconnaissable entre toutes : celle que j'avais sentie dans la cave du manoir. Le pharmacien, qui avait entendu la clochette de la porte, apparut bientôt.

— Quelle est cette odeur ? lui demandai-je sans attendre.

Il me jeta un regard réjoui de conspirateur.

— Ah, c'est un remède que j'ai mis au point contre les insomnies. Très efficace, vraiment puissant. Il vous plonge dans un sommeil si profond que vous paraissez sans vie. Vous ne ressentez même plus la douleur. Moi, si j'étais chirurgien, je l'utiliserais pour opérer.

Mon cœur se mit à battre furieusement.

— Dites-moi, connaissez-vous un certain docteur Sturgeon ?

— Un de mes meilleurs clients, répondit-il fièrement. Il m'a dit qu'il ne connaissait pas de meilleur remède contre ses insomnies.

J'achetai mon médicament contre la toux et pris la route du retour, le cœur lourd. Désormais je connaissais la vérité et la tromperie dont j'avais été victime. Quelle conspiration machiavélique !

Le Livre noir des secrets

Qui, sinon des esprits diaboliques, aurait pu imaginer un tel plan ? Faire un meurtrier d'un fantôme n'est pas à la portée du premier venu.

Vous voyez, monsieur Zabbidou, je sais que le jeune docteur a administré le somnifère du pharmacien à cette femme et qu'il a fait croire à son père qu'elle était morte. Puis, grâce à mon cercueil qui lui permettait de respirer, il l'a fait enterrer. Quand l'effet de la potion s'est dissipé, il l'a sortie du cercueil et c'est bien vivante qu'elle est apparue à son mari et qu'elle a tenté de l'étrangler, sachant que son cœur malade ne résisterait pas à cette vision. Ainsi, le docteur a hérité non seulement de la fortune mais aussi de la jeune femme de son père. Aujourd'hui, les deux profitent sans doute des fruits de leur infamie à l'autre bout du pays.

Je ne peux me pardonner d'avoir joué un rôle dans ce complot. Vous êtes la seule personne au monde qui soit au courant, monsieur Zabbidou, et je détesterais l'idée que quelqu'un d'autre l'apprenne. On dit que vous êtes un homme de parole et je le crois. Désormais, je pense que je retrouverai le sommeil.

Chapitre vingt-sept

Extrait des mémoires de Ludlow Fitch

Quand j'eus fini de lire la confession du fabricant de cercueils, nous échangeâmes un regard coupable.

— Le pauvre ! compatit Polly. C'était même pas sa faute.

— Il y a quelque chose d'autre, remarquai-je. Au bas de la page, à droite.

— Qu'est-ce que ça dit ?

— *Quae nocent docent.*

Polly écarquilla les yeux.

— Je crois que c'est du latin, expliquai-je.

— Du latin ?

— C'est une autre langue. Joe l'utilise parfois. Il prétend qu'elle dit plus de choses avec moins de mots. Il aime ça.

— Eh bien, t'as pas intérêt à lui demander c'que ça signifie ou il saura qu'on a fouiné.

Je ne répondis pas. Je ne pouvais m'empêcher de penser que Joe le devinerait. Je refermai le livre.

— Ça m'suffit. J'ai pas envie d'en entendre plus, soupira Polly

Je préférais autant. Alors, nous nous assîmes devant le feu, un bol de soupe entre les mains. Tous les deux, enveloppés dans les couvertures pour nous tenir chaud, nous attendîmes que la tempête se calme. Nous nous en voulions d'avoir lu le livre et Polly tenta de se débarrasser de ce sentiment avec un petit rire, comme pour se convaincre elle-même

— Arrête de te faire de la bile. Il ne l'saura jamais.

Au début de la soirée, la neige cessa et le vent tomba un peu. Polly se leva et s'étira.

— Faut que j'y aille, me dit-elle. Monsieur Ratchet va vouloir son souper.

Avant de partir, elle se retourna vers moi, l'air inquiet.

— Tu raconteras rien à Joe, hein ?

Je secouai la tête.

— Non. Et s'il venait à le savoir, je dirais que j'étais tout seul.

Elle m'adressa un grand sourire.

— Il te pardonnera. Surtout si tu l'regardes ainsi, avec tes grands yeux verts.

J'aurais bien aimé qu'un regard suffise à se jouer de Joe. Malheureusement ce n'était pas le cas.

*

Quatre jours plus tard, la tempête perdit de sa violence. Mais il faisait toujours sombre et glacial. J'avais gardé la boutique fermée et les heures s'écoulaient lentement. Je nourrissais Saluki, je balayais le sol et nettoyais la vitrine. J'avais eu le temps de réfléchir à ce que Polly et moi avions fait et j'étais parvenu à me convaincre que j'avais tort de m'inquiéter. Après tout, personne n'aurait à en souffrir. Ce n'était pas la méchanceté qui nous avait poussés mais la curiosité.

Néanmoins, un petit doute demeurait présent en moi : Joe m'avait-il tendu un piège ? Je me sentais humilié qu'il ne me fasse pas confiance et encore plus qu'il ait raison. Mais, s'il avait vraiment essayé de me prendre en défaut, était-ce bien de sa part ? Qui, à ma place, aurait été assez fort pour résister à la tentation ?

La nuit qui précéda son retour, j'étais à moitié endormi quand j'entendis un bruit, dehors. Le temps que je me lève et que j'aille ouvrir la porte, il n'y avait plus personne. Des empreintes de pas me prouvèrent cependant que je ne m'étais pas trompé. De larges empreintes. J'en devinai aussitôt l'auteur, non à cause de leur taille mais à cause de l'odeur qui flottait encore dans l'air. L'odeur de Jérémiah Ratchet.

Le matin suivant, Saluki poussa un énorme coassement et, quelques secondes plus tard, j'entendis quelqu'un secouer la porte.

— Ludlow, appela la voix, ouvre-moi.

C'était Joe. J'étais heureux de le retrouver et espérais que je parviendrais à dissimuler mon sentiment de culpabilité. Il entra, jeta un coup d'œil dans la pièce et me donna une claque affectueuse dans le dos.

— Content de voir que tu as bien pris soin de la boutique en mon absence, me félicita-t-il.

Effectivement, j'avais fait attention à bien garder tout en place.

— Il y a eu une tempête terrible, lui dis-je.

Et je ne pus m'empêcher de continuer.

— Polly passait par là et elle est venue s'abriter un petit moment.

Je n'avais pas eu l'intention d'en parler, mais, au regard que Joe m'avait adressé, je n'avais pu faire autrement. Craignant de révéler mes pensées, je baissai les yeux vers le plancher.

— Je sais, répliqua-t-il.

— Vous savez ?

Avait-il lu en moi ?

— Je l'ai rencontrée dans la rue. Elle allait chez le boucher. Elle m'a tout raconté.

Mon cœur se serra. J'espérais qu'elle n'avait pas TOUT raconté.

— Tu as eu d'autres visiteurs ? demanda-t-il.

— Non. Par contre je crois que Ratchet est venu rôder autour de la boutique.

— Ça ne m'étonne pas. Il aime fouiner. Ce n'est sûrement pas le premier à venir espionner par la fenêtre.

Joe ne faisait pas seulement référence à moi, le jour de mon arrivée, mais au soir où le docteur Mouldered était venu. Après son départ, Joe m'avait dit que quelqu'un nous observait. Cependant, pour l'instant, c'était Ratchet qui me perturbait.

— Pourquoi ne faites-vous rien à son sujet ? le pressai-je. C'est assez compréhensible que les villageois vous demandent d'agir, non ?

— Tu dois être patient, Ludlow, soupira-t-il.

— Pourquoi ? Qu'attendons-nous ? Savez-vous ce qui va se passer ?

Mes questions semblèrent l'amuser.

— As-tu vu une boule de cristal ici ? me demanda-t-il en riant. Si oui, j'aimerais bien savoir où.

Il redevint vite sérieux.

— Je ne suis pas devin, Ludlow, crois-moi. Si je l'étais, penses-tu que je ferais tout ça ?

D'un grand geste circulaire du bras, il me montra la boutique. Mais cette fois, je n'avais pas envie de lâcher prise si facilement.

— Que faites-vous vraiment, Joe ? Qui êtes-vous ? Pourquoi êtes-vous venu ici ?

Joe s'appuya sur le comptoir et étira une jambe devant lui.

— Je ne suis qu'un vieil homme qui essaie d'aider ceux qui sont dans le besoin, Ludlow.

— Mais le livre, l'argent ? Vous n'arrêtez pas de donner. Que recevez-vous en échange ?

— Recevoir n'est pas l'essentiel. Ne trouves-tu pas que donner est assez gratifiant ? Pourquoi devrais-je attendre quelque chose ?

Je commençai à saisir, bien que ce ne fût pas facile. Je présume qu'au fond de moi, j'étais toujours un voleur. À la

City, je n'avais fait que penser à moi, que prendre sans jamais donner.

— Tu as vu leur visage, continua Joe, tu as vu l'état dans lequel ils arrivent et la différence lorsqu'ils repartent. Que demander de plus ?

— Mais eux, ils demandent plus.

— Oui, Ludlow, et c'est précisément mon problème.

Il se redressa, fit demi-tour et passa dans la pièce du fond. Je le suivis. Il récupéra le Livre noir sous son matelas et balaya l'espace du regard.

— Je me disais, dit-il, que je devrais peut-être cacher le livre autre part.

Je ne voyais pas où. La pièce, petite, n'offrait pas beaucoup de possibilités.

— J'ai trouvé, s'exclama-t-il soudain. C'est toi qui veilleras sur lui.

Il se baissa et le glissa sous mon coussin. J'étais déconcerté et je m'efforçai de ne pas montrer ma surprise.

— Vous pensez que cet endroit est plus sûr ?

— Entre tes mains ? me répondit-il avec un clin d'œil. J'en suis certain. Bon, et maintenant, puisque nous parlons de livres, il y a un ouvrage que je voudrais te montrer. Viens avec moi.

Et nous nous rendîmes chez Perigoe Leafbinder.

Chapitre vingt-huit

Perigoe Leafbinder

Perigoe Leafbinder achetait et vendait des livres depuis plus de trente ans, ainsi qu'elle aimait à le rappeler à tous ceux qui entraient dans sa boutique. Si un livre existait, elle connaissait tout à son sujet. Elle gagnait honnêtement sa vie, bien qu'elle eût peu de clients parmi les locaux (durant les longues soirées à Pagus Parvus, il n'y avait rien d'autre à faire que lire mais la plupart des habitants n'avaient jamais appris). Son cheval et son cabriolet lui permettaient de livrer dans toute la région jusqu'au nord de la City, là où vivaient les riches et les désœuvrés qui achetaient des livres pour témoigner de leur supériorité intellectuelle. Perigoe avait compris très tôt qu'on tire facilement profit de la vanité des autres.

Elle était très petite, presque naine, avait un visage étroit et ne souriait que d'un côté de la bouche. Depuis quelques mois, elle avait un tic à la paupière gauche, qui augmentait lorsqu'elle s'énervait, c'est-à-dire la majeure partie du temps. En fait, elle n'arrêtait pas de cligner de l'œil. Elle portait des lunettes rondes qui épousaient si bien la forme de ses narines renflées qu'on les aurait crues fabriquées sur mesure. Elles semblaient collées à son nez, comme si les branches avaient été superflues, même lorsque Perigoe se penchait en avant. Son mari était mort trois ans plus tôt et, depuis, Perigoe ne s'habillait plus qu'en noir, ce qui, étant donné sa taille, la rendait presque invisible dans l'obscurité. Elle prenait ainsi un malin plaisir à surgir des coins sombres de sa boutique et à taper dans le dos de ceux qui fouillaient dans les rayonnages, pour les faire sursauter.

Joe laissa Ludlow dehors et entra dans le magasin silencieux. Il attendit quelques minutes, regardant autour de lui. Il ne pouvait se tenir debout que courbé et, quand il enleva son chapeau, ses cheveux époussetèrent les poutres en chêne qui soutenaient le plafond. À l'exception des murs, couverts d'étagères, la librairie était entièrement meublée de bibliothèques, serrées les unes contre les autres et occupant tout l'espace disponible. Joe circula entre les rayonnages, laissant courir ses doigts sur le dos des livres exposés. Le classement semblait totalement arbitraire. Des romans côtoyaient des ouvrages scientifiques, les volumes anciens se mélangeaient aux récents.

Perigoe apparut, sortant de nulle part, et pointa sur lui un index ratatiné.

— Monsieur Zabbidou, je crois ?

Sa voix était presque inaudible. Perigoe parlait toujours

très bas, comme si elle craignait que quelqu'un d'indiscret ne l'écoute.

— C'est bien moi, répondit Joe. Enchanté de vous rencontrer, madame Leafbinder.

Il prit la petite main décharnée dans la sienne et l'effleura de ses lèvres, avec une certaine ostentation. Perigoe accepta ce geste de bonne grâce. Elle se souvint sans doute avec nostalgie de l'époque où elle rougissait lorsqu'on la saluait ainsi.

— Que puis-je pour vous ? demanda-t-elle en clignant trois fois de l'œil.

— Je cherche un livre sur les animaux, plus précisément sur les amphibiens, de S. E. Salter. Je me disais que vous l'aviez peut-être.

— Je crois que oui, confirma Perigoe.

Elle se dirigea vers une des armoires, presque en glissant, comme si elle avait eu des patins de feutre sous les pieds. Puis elle se retourna et tendit un livre à Joe. C'était un volume assez mince, avec une couverture rigide et des gravures en couleurs. Joe le saisit entre le pouce et l'index et plongea son regard dans celui de Perigoe, qui resta comme hypnotisée.

— Je me disais que vous accepteriez volontiers de prendre un verre avec moi, proposa-t-il. Ce soir, peut-être ?

Perigoe acquiesça lentement. Sa paupière battait comme une feuille dans le vent. Malgré ses efforts, elle ne parvenait pas à détourner les yeux. Une douce musique, pareille à un chant d'oiseau, emplissait ses oreilles et le bout de ses doigts la picotait comme si elle avait plongé la main dans un bouquet d'orties.

— À minuit ? insista-t-il.

De nouveau, Perigoe hocha la tête.

— Alors, à ce soir, conclut Joe.

D'un signe, il brisa le sortilège et se dirigea vers la sortie. Il se retourna alors, tendant le livre.

— Combien vous dois-je ?

Le cœur de Perigoe battait encore comme les ailes d'un papillon attiré par une lampe. Elle devait s'appuyer sur les étagères pour rester debout.

— Rien. Je vous l'offre, murmura-t-elle dans un souffle.

Joe allait poser la main sur la poignée quand une ombre noire se découpa derrière la vitre de la porte d'entrée. Il entendit un fort halètement et, une fraction de seconde plus tard, Jérémiah Ratchet jaillit dans la boutique, comme le bouchon d'une bouteille de bière que l'on aurait secouée. Quand il aperçut Joe, il grogna avec mépris. Joe recula pour lui laisser le passage. Il ôta son chapeau, qu'il abaissa d'un grand geste pour le saluer avec un sourire aussi poli qu'ironique.

Sur le chemin du retour, Ludlow se demandait ce qui amenait Jérémiah chez Perigoe. Ratchet n'était certainement pas un homme de lettres. Ludlow essaya de lire le titre du livre que Joe tenait dans sa main, quelque chose à propos des amphibiens, mais les pans de sa cape l'empêchèrent de voir.

Le Livre noir des secrets

*

Par rapport aux autres villageois, Perigoe Leafbinder avait une vie agréable. Son commerce marchait bien et elle ne courait pas après l'argent. Sa vie de couple avait été une réussite et elle n'avait jamais envisagé le veuvage comme une épreuve.

Pourtant, elle fut présente à son rendez-vous de minuit, sous l'enseigne portant les trois globes dorés. Comme tant de ses compagnons de Pagus Parvus, elle détenait un secret qui la rongeait. Elle s'approcha de la porte et leva son poing dans la clarté de la lune montante.

Joe ouvrit avant qu'elle ait eu le temps de frapper.

— Madame Leafbinder, sourit-il, je vous attendais.

Perigoe se faufila – ou plutôt glissa – sans répondre dans la boutique et Joe l'accompagna dans la pièce du fond.

— Alors, que faites-vous à une heure si avancée de la nuit ? questionna-t-elle en clignant des yeux.

— J'achète des secrets.

Nerveuse, Perigoe ajusta ses bésicles et sembla réfléchir à ce qu'elle venait d'entendre. Puis elle se décida.

— Il y a un secret que j'aimerais vendre. Seriez-vous intéressé ?

— Bien sûr, répliqua Joe.

Et il lui offrit un verre.

— J'ai l'impression que votre secret sera d'une qualité rare. À mon avis, il vaut son pesant d'or.

Perigoe rosit et cligna deux fois de l'œil. Elle prit une petite gorgée d'alcool et commença.

Chapitre vingt-neuf

Le Livre noir des secrets
La confession de la libraire

Je m'appelle Perigoe Leafbinder et il me faut vous faire un préambule avant de vous livrer mon terrible secret.

Les Leafbinder sont dans le métier du livre depuis près de deux siècles et j'ai l'honneur de poursuivre la tradition. J'ai passé trente ans de mon existence dans cette boutique et Dieu fasse que je puisse y demeurer trente de plus. Cependant, si je ne parviens pas à libérer mon esprit de ce qui le torture, je doute de vivre une année supplémentaire.

Il existe un livre dont trois exemplaires possèdent une immense valeur. Le récit n'a pas un grand intérêt et sa valeur littéraire est pratiquement nulle. C'est l'histoire, très simple, d'un berger des montagnes. La rareté de ces trois ouvrages réside dans le fait que la treizième ligne de la treizième page est imprimée à l'envers. Personne ne sait ce qui s'est produit. Certains prétendent que l'imprimeur avait signé un pacte avec le diable et que les mots ont été inversés lors d'une cérémonie en son honneur. D'autres disent que les lettres se sont retournées au moment où un éclair zébrait le ciel, comme si le plus grand berger de la création, Dieu lui-même, avait souhaité nous envoyer un signe. Mais cette inversion n'est peut-être due qu'à un moment d'inattention du jeune apprenti de l'imprimeur, qu'à un excès de boisson ou à une mauvaise blague. Quelle qu'en soit la raison, cette erreur n'apparaît que sur trois copies du livre, parmi les deux cents imprimées.

Deux de ces exemplaires sont parfaitement localisés. Un se trouve dans un musée étranger, l'autre est toujours entre les mains de la famille du berger qui a écrit l'histoire. Ils vivent avec leurs moutons dans les montagnes et ne croisent jamais personne. Ils conservent ce livre depuis des générations et refusent de le vendre, à quelque prix que ce soit. Ils expliquent que l'argent n'a aucune importance à leurs yeux.

Le troisième exemplaire du livre a disparu depuis deux cents ans. On le pensait détruit.

La possession d'un tel ouvrage vaudrait immédiatement célébrité et richesse à son acquéreur et, comme de nombreux amateurs de livres, j'ai rêvé pendant des années de le trouver. En vain.

Et voici qu'il y a quelques mois, j'étais dans ma boutique quand j'entendis résonner la clochette de la porte. Je vis alors une vieille femme toute frêle se frayer lentement un chemin entre les rayonnages. Elle avançait difficilement en s'appuyant sur deux cannes. Elle tenait son coude gauche serré contre son corps, ce qui rendait sa marche encore plus pénible. Je me rendis compte qu'elle dissimulait quelque chose sous son manteau.

Je me dirigeai vers elle, la saluai et la conduisis dans mon bureau. Elle posa ses cannes contre ma table. Il était presque six heures et j'étais impatiente de fermer et d'aller me reposer. J'essayai donc d'accélérer les choses et la questionnai assez brusquement :

— Madame, en quoi puis-je vous aider ?

Elle me fixa d'un air soupçonneux et me demanda si j'achetais des livres. J'acquiesçai.

— Combien pensez-vous que celui-ci vaille ?

Elle sortit de sous son manteau un volume assez défraîchi, en cuir marron, et le posa sur le plateau de mon bureau. Elle hésitait à le lâcher et il me fallut exercer une traction assez vigoureuse sur le livre pour m'en saisir. Elle gardait ses petits yeux noirs fixés sur moi en permanence.

J'examinai le roman, sans faire très attention, persuadée qu'il n'avait pas grande valeur. La couverture en cuir était cornée et tachée, le titre illisible. Autant dire que je n'étais pas préparée à ce que je découvris quand je l'ouvris. Sur la page de titre étaient écrits ces mots : La Solitude du berger des hautes montagnes, par Arthur Wolman.

J'eus peine à contenir mon émotion. Était-ce la troisième copie manquante ? Le regard inquisiteur de la femme resta posé sur moi quand je poursuivis mon examen. Je tournai négligemment les pages, brunes et un peu moisies. Certaines étaient presque collées entre elles. J'atteignis la treizième page et j'eus un coup au cœur. J'étais au bord de l'apoplexie. La treizième ligne était inversée.

« .ehcnamid el snotuom sem erdnot emia'J »

Je marmonnai vaguement, un peu comme si j'avais un autre souci en tête. Et c'était le cas. Imaginez : je tenais entre les mains le livre qui pouvait me rendre riche et célèbre. Et soudain je réalisai que je ne pouvais me l'offrir. Dans mes rêves les plus fous, quand je m'imaginais entrer en possession de ce livre, le problème de l'argent ne m'avait jamais effleurée.

Deux solutions s'offraient à moi. Ou bien je prétendais que ce livre n'avait pas de valeur et j'en proposais une misère à la vieille femme. Ou bien je lui disais la vérité et elle se lèverait alors pour aller le vendre à une personne assez fortunée pour se l'offrir.

Restait une question cruciale : connaissait-elle la valeur du livre ? Je sentis des gouttes de sueur couler sur mon front et j'eus besoin de toute mon énergie pour empêcher mes mains de trembler. Ses yeux me perforaient comme des poignards.

— Alors ? me fit-elle sur un ton irrité.

Ma réponse scella mon misérable sort.

— C'est un ouvrage intéressant, répondis-je, sans grande valeur, malheureusement.

Ces mots prononcés, il m'était désormais impossible de revenir en arrière. Elle parut déçue et, durant un bref instant, l'espoir revint chez moi. Elle ignorait peut-être la valeur de l'ouvrage.

— Cependant, poursuivis-je en essayant de la rassurer, il se trouve qu'un de mes clients porte de l'intérêt à cet auteur. Je pense donc pouvoir vous offrir dix shillings de votre livre. J'espère que, compte tenu de son état médiocre, cette offre vous paraîtra généreuse.

J'affichai un sourire que je pensai charitable. Elle me sourit en retour, mais avec les lèvres pincées et une moue agressive.

Puis ces lèvres minces s'entrouvrirent et me crachèrent ces mots à la figure :

— Vous n'êtes qu'une ignoble menteuse. Une minable voleuse. Me prenez-vous pour une idiote ? Sous prétexte que je traîne la jambe, ma cervelle marcherait elle aussi de travers, c'est bien ce que vous pensez ?

J'étais démasquée. Je me levai et tentai d'apaiser sa fureur.

— Peut-être ai-je fait une erreur. Laissez-moi regarder de nouveau.

Mais il était trop tard.

— Ce que vous venez de me proposer n'a rien à voir avec la valeur de ce livre. Vous le savez et vous persistez à vous montrer insultante. Vous n'êtes rien de plus qu'un vulgaire escroc. Rendez-le-moi.

Elle tendit la main et agrippa le livre. Je le tenais encore, refusant de mettre fin à ce rêve qui me poursuivait depuis des années.

— Je vais le présenter ailleurs, continua-t-elle. À quelqu'un d'honnête.

Elle tirait toujours. Je criai alors, au bord des larmes.

— Je suis désolée. J'ai eu un moment de faiblesse. Cela peut arriver à tout le monde, non ?

Je m'accrochais encore au livre. Je ne parvenais pas à le lâcher.

— Ça suffit, lança-t-elle. J'en ai assez entendu.

Nous luttions, chacune d'un côté de la table. Je forçai et fus sur le point de l'emporter. Mais elle tira plus fort et regagna du terrain. J'insistai alors en exerçant un mouvement de torsion et, soudain, elle lâcha. Elle fut comme projetée en arrière. Sous mes yeux horrifiés, la vieille femme tomba, sa tête heurta violemment le bras du fauteuil et elle s'écroula sur le sol, petit tas de chair et d'os, inerte. Je me précipitai, m'agenouillai et observai son visage pour voir si elle respirait. C'est alors qu'elle me jeta :

— .ehcnamid el snotuom sem erdnot emia'J

Et elle expira. Son dernier soupir embua mes lunettes.

— Oh, Dieu ! implorai-je. Que vais-je faire désormais ?

Les clients n'avaient pas pour habitude de mourir dans ma bou-

tique et je restai totalement décontenancée. Tandis que j'hésitais, hébétée, la voix du diable – car ce ne pouvait être que lui – murmura à mes oreilles.

— Le livre ! Prends le livre. Qui le saura ?

J'aimerais pouvoir dire que je refusai ou qu'au terme d'un débat intérieur je rejetai cette ignoble suggestion, mais ce ne serait pas la vérité. Au contraire, je pris le livre et le dissimulai derrière Le Déclin et la chute *de Gibbon, sur l'étagère la plus haute de mon bureau.*

Une nouvelle surprise m'attendait quand je me retournai. Jérémiah Ratchet était debout dans l'encoignure de la porte et il m'observait. Depuis combien de temps était-il là ? Je l'ignorais.

— Ma chère Perigoe, me dit-il, que diable êtes-vous en train de faire ?

— Elle est morte, hurlai-je. Elle vient de s'effondrer.

— C'est ce que je vois, dit-il tranquillement.

Le docteur Mouldered arriva et Ratchet assista à la scène. Sa présence contribuait à me mettre encore plus mal à l'aise.

— Crise cardiaque ! annonça Mouldered après un examen des plus sommaires.

Ratchet commenta ce diagnostic d'un de ses infects raclements de gorge. Mouldered referma sa sacoche et s'éclipsa. À mon grand soulagement, les croque-morts arrivèrent peu après. Ils enlevèrent le corps et Jérémiah partit, lui aussi.

Le soir même, je mis une stratégie au point. Je voulais vendre ce livre mais je devais me montrer prudente. J'ignorais si quelqu'un savait que la vieille femme le possédait. J'avais entendu parler d'une personne de la City qui serait prête à payer un bon prix pour un tel ouvrage et qui resterait discrète sur sa provenance. Bien sûr, je ne deviendrais pas célèbre pour cette trouvaille mais il me fallait me résoudre à ce sacrifice. Si je partais maintenant, je pourrais être revenue avant l'aube. Je penchai donc pour cette solution. Je dissimulai le livre sous mon manteau et sortis. C'est alors que Jérémiah Ratchet m'intercepta. À l'évidence, il m'attendait.

— Ma chère Perigoe, ricana-t-il, quelle affaire peut bien vous inciter à quitter Pagus Parvus à cette heure si tardive ?

— Une affaire qui me regarde, répliquai-je. Maintenant, écartez-vous et laissez-moi passer.

Il ne bougea pas d'un pouce.

— J'ai réfléchi à ce qui s'est passé ce soir, la mort de cette pauvre vieille femme, le livre...

— Le livre ?

— Le silence a un prix, Perigoe.

Je perçus immédiatement la menace.

— Que voulez-vous dire, monsieur Ratchet ?

— Je crois simplement que vous vous rendez à la City pour vendre ce livre. Ce livre que vous avez volé à cette vieille femme cet après-midi. Ce livre dont vous espérez retirer une belle somme d'argent.

— Il n'y a pas de livre, monsieur Ratchet.

— Dans ce cas, sourit Jérémiah, nous avons un problème. Si vous ne trouvez pas ce livre, dont je sais qu'il est là et bien là, je vais être obligé d'avertir le juge que j'ai assisté à la mort de cette vieille femme. Connaissez-vous la peine encourue pour un meurtre, Perigoe ? La pendaison !

— Quel meurtre ?

— J'ai tout vu, continua Jérémiah. Comment vous vous êtes

jetée sur cette pauvre vieille, comment vous l'avez précipitée à terre, comment vous avez arraché le livre des mains de la mourante.

— Ce n'est pas ainsi que les choses se sont déroulées, protestai-je. Vous le savez fort bien.

J'entends encore son rire mauvais.

— Réfléchissez bien à ma version des faits, madame Leafbinder, et je suis certain que vous vous rangerez très vite à mon point de vue.

J'ai honte de dire que, pendant une bonne minute, je n'ai cessé de jurer à la face de cet ignoble menteur. Mais c'était peine perdue. Il me tenait.

— Bon, dites-moi ce que vous voulez, monsieur Ratchet, me décidai-je enfin.

— C'est très simple, ma chère. En plus d'un modeste versement, disons cinq shillings par semaine, j'aimerais pouvoir choisir ce qui me plaît dans vos rayonnages.

— Et pour le livre ?

Il prit son temps, afin de donner à ce sujet l'importance qu'il méritait.

— Je pourrais essayer de le monnayer à la City bien sûr, mais il me semble préférable d'attendre. Quelques années peut-être, afin de le vendre à son véritable prix. D'ici là, si vous avez l'amabilité de me le confier, je le garderai dans un endroit sûr.

Cet homme se montrait sans pitié. Je n'avais pas le choix. Je savais que Ratchet n'hésiterait pas une seconde à se rendre chez le juge et qu'il le convaincrait de sa version, si besoin en lui graissant la patte. À n'en pas douter, je serais condamnée pour meurtre. Et pendue.

— Je passerai vendredi, conclut-il. Pour percevoir mon dû.

Et il se retira, mon précieux livre sous le bras.

Inutile de préciser qu'il s'est montré fidèle à sa promesse. Chaque vendredi, il passe chercher son argent et choisit ce qui lui plaît sur mes étagères. En ce qui concerne La Solitude du berger des hautes montagnes, *je passe mes nuits à maudire mon avidité et ma stupidité. Depuis ce temps, Jérémiah Ratchet me tient à genoux.*

Je ne peux revenir sur ce que j'ai fait, monsieur Zabbidou, et j'en suis désolée. Tout ce que je demande désormais, c'est retrouver le sommeil et oublier.

*

Ludlow posa sa plume, plaça un buvard sur la page et referma le livre.

Joe prit la main glacée de Perigoe entre les siennes.

— Vous dormirez, maintenant, promit-il, votre secret est à l'abri.

— Et pour Jérémiah Ratchet ? demanda Perigoe d'une voix tremblante. Il a toujours le livre.

— Soyez patiente, Perigoe. Il paiera pour ce qu'il a fait. C'est tout ce que je peux vous dire.

Il lui tendit une bourse.

— Maintenant, prenez ceci et allez vous reposer.

Tandis que Perigoe redescendait vers sa boutique, Joe l'accompagna du regard. Il attendit que les lumières de sa maison se soient éteintes. Puis il alla se coucher, un sourire aux lèvres. Joe Zabbidou n'éprouvait aucune difficulté à s'endormir.

Chapitre trente

Extrait des mémoires de Ludlow Fitch

La confession de Perigoe fut la dernière que je consignai dans le Livre noir. Le matin suivant, Joe m'envoya chercher du pain. Je saluai les boulangers comme d'habitude mais leur réaction fut glacée. Elias me servit sans un mot. Ses yeux me lançaient des couteaux. Leur garçon, le plus âgé des trois, ne parvint même pas à me regarder. Je leur dis au revoir, en me demandant en quoi je les avais offensés. En sortant, j'aperçus les deux autres Sourdough sur le trottoir d'en face. En général, ils aimaient remonter la rue avec moi, mais, ce jour-là, ils s'enfuirent et me guettèrent un peu plus haut. L'un d'eux m'envoya une boule de neige qui m'atteignit en pleine tête. Je portai la main à ma tempe et vis que je saignais. Je remarquai alors un caillou à mes pieds.

Tout à coup, une fenêtre s'ouvrit au-dessus de moi et, la seconde d'après, une douche d'eau glacée et sale me trempa de la tête aux pieds.

— Bien fait, entendis-je crier. Retourne en haut de la rue, chez ton diable d'ami. On ne veut plus te voir ici.

Je reconnus la voix de Ruby.

Je courus jusqu'à la boutique et entrai en coup de vent. Je claquai la porte derrière moi et poussai le verrou. Joe remarqua le sang sur mon visage.

— Que t'est-il arrivé ? me pressa-t-il.

— Je ne sais pas exactement, bredouillai-je. Elias a refusé de me parler et Ruby m'a jeté un baquet d'eau sur la tête.

— Pour quelle raison ? s'étonna Joe.

— Je l'ignore. J'ai juste demandé une miche de pain.

J'ôtai mon manteau et l'étalai devant le feu. Joe s'assit et se pencha, le menton posé sur ses mains. Je secouai la tête. Les gouttes d'eau que je projetai sur les tisons s'évaporèrent dans un sifflement.

— Vous saviez que cela allait arriver ? demandai-je. C'est à cause de Jérémiah, n'est-ce pas ?

— J'ignore si cela concerne Jérémiah, répondit Joe lentement. Mais j'avoue que je m'attendais à quelque chose du genre.

— Pourquoi ?

— Parce que la limite entre la gratitude et le ressentiment est étroite. Tous sont ravis d'accepter mon argent. Ils retrouvent le sourire, disent merci et finissent par oublier ce qu'ils ont subi pendant si longtemps, avant mon arrivée. Alors, ils exigent toujours plus.

Son amertume me surprit. Ce n'était pas le Joe que je connaissais, celui dont l'esprit n'abritait ni rancœur ni animosité mais qui s'ouvrait aux autres, positif. Découvrir cette face cachée me perturba.

— À vous entendre, on croirait que ça vous est déjà arrivé, dis-je.

— Oui. Mais en général, je sais pourquoi.

— Eh bien, quelle qu'en soit la raison, je ne trouve pas ça juste.

Je fus interrompu par les coassements de Saluki. Le calme de la boutique fut tout à coup troublé par le bruit d'une violente altercation, un peu plus bas dans le village.

Joe se redressa et alla à la porte. Je le suivis et, ensemble, nous descendîmes la rue. Le spectacle qui nous attendait aurait mieux convenu à une scène de théâtre. Car si la querelle semblait grave, elle avait quelque chose de ridicule. Jérémiah Ratchet et Horatio Cleaver s'invectivaient, entourés d'une foule de curieux, au beau milieu de la rue. Et quel était le sujet de la dispute ? Une dinde !

Les yeux de Joe étincelèrent.

— Nous y voilà ! murmura-t-il.

Nous nous approchâmes.

— Vous ne me prendrez plus le plus petit morceau de viande, espèce de voleur ! hurlait Horatio.

Les spectateurs applaudirent. On aurait cru que le village entier s'était déplacé. Il y avait les Sourdough, Perigoe, Obadiah, Benjamin Tup, Job Wright, Lily Weaver, le docteur Mouldered, Polly et même quelques autres que je ne connaissais pas.

Ratchet ne répondit pas et se contenta de rester planté fermement sur le sol en s'accrochant au précieux volatile. Il s'agrippait aux cuisses de la dinde tandis qu'Horatio tirait sur la tête. Au milieu, le corps de la pauvre créature se tordait sous la traction. L'effort empourprait le visage de Jérémiah tandis qu'Horatio serrait les dents.

Les deux hommes affichaient une force et une corpulence équivalentes et aucun ne semblait devoir céder. Horatio était un peu plus grand, mais, sur la surface gelée, sa taille n'était pas forcément un avantage. Les jurons et les insultes fusaient, dans un air chargé de crachats et de nuages de buée.

— C'est ma dinde ! cria Jérémiah. Tu me la dois, Horatio !

Il imprima une violente secousse pour déséquilibrer le boucher qui, plutôt que tomber, préféra lâcher prise. Jérémiah glissa et s'étala dans la neige. Comparé à la perte de sa dignité, le gain de la dinde fut une maigre consolation. Il fit au moins trois tours sur lui-même sur la glace avant de s'immobiliser, aux pieds de Joe.

Un tonnerre d'applaudissements et de rires secoua la foule tandis que Jérémiah tentait de se relever. Seul Joe lui tendit une main secourable. Jérémiah la refusa. Il se redressa enfin et se précipita vers sa maison, tenant toujours sa volaille ramollie.

— Bon débarras ! cria Elias Sourdough.

Jérémiah ne répliqua pas, ce qui me surprit. Il n'était pas homme à laisser le dernier mot à un autre.

Horatio s'approcha de Joe. Son action d'éclat l'avait plongé dans un état d'excitation extrême. Je n'aurais jamais imaginé que cet homme, d'habitude si sombre, puisse exprimer tant de joie. Il soufflait et tremblait.

— Vous avez vu ça, Joe ? Comment je lui ai résisté ? Je lui ai dit qu'il ne pourrait plus me prendre de viande. Exactement comme vous me l'avez conseillé.

Il semblait avoir oublié que Jérémiah était parti avec la dinde.

Il s'attendait à ce que Joe lui réponde et le félicite, mais ce dernier ne dit mot. Son visage passa du gris au blanc et, durant un bref instant, un éclair de colère traversa son regard.

— Je ne vous ai pas dit ça, souffla-t-il enfin. Je ne vous ai jamais rien conseillé de tel.

Job Wright, le forgeron, fit un pas en avant, la bouche tordue par une grimace.

— Alors, vous vous êtes enfin décidé à venir nous aider !

On sentait le sarcasme dans sa voix.

— L'heure de Ratchet sonnera, le reprit Joe. Soyez patient. Pour l'instant, ça ne vous suffit pas que votre situation se soit à ce point améliorée ?

— Et combien de temps devrons-nous attendre ? demanda Obadiah. Vous m'avez dit que Jérémiah sentirait le poids de votre justice.

Horatio prit la foule à témoin.

— Et à moi, il a dit qu'il donnerait à Ratchet ce qu'il méritait.

Ce fut ensuite le tour de Perigoe qui haussa le ton, aussi fort que possible.

— Moi aussi, je suis allée le voir et il m'a dit qu'il ferait payer Jérémiah.

— C'est ce qu'il m'a dit aussi, confirma quelqu'un d'autre.

— Et à moi aussi, dit un autre encore. Mais je pensais que j'étais le seul !

— De quoi parlez-vous ? intervint un autre.

Son voisin (qui avait récemment vendu un secret) se tourna vers lui et lui toucha quelques mots à propos des rendez-vous nocturnes chez Joe et de son Livre noir.

Soudain, tous se mirent à parler en même temps. Ils réalisaient que la majorité d'entre eux s'était rendue à la boutique aux alentours de minuit. Ceux que Joe avait invités dans la salle du fond, pensant avoir bénéficié d'une faveur exclusive – car Joe savait s'y prendre pour vous donner l'impression d'être unique –, se sentaient trompés. Et ceux qui n'avaient pas été conviés étaient vexés d'avoir été mis à l'écart. Les individualités s'effacèrent alors pour se transformer en une foule mécontente. Quelques minutes auparavant, elle se moquait de Jérémiah. Maintenant, elle se retournait contre Joe Zabbidou et tous les regards – glacés – convergèrent vers lui. Je les observai, avec leur figure rougie par le froid et leurs yeux étroits dirigés vers Joe et je sentis la paume de mes mains se couvrir d'une sueur froide. Toute amitié avait disparu de ces visages Ils me firent peur.

Job Wright se tenait debout, jambes écartées, ses deux bras puissants croisés sur sa poitrine. En l'absence d'autre volontaire, il s'octroya le rôle de porte-parole des villageois.

— Monsieur Zabbidou, que répondez-vous à ça ?

Le brouhaha cessa aussitôt. Les secondes passèrent, interminables, comme si chacun s'attendait à une explosion.

Les mâchoires de Joe se contractaient nerveusement. Il finit par parler, en serrant les dents.

— Je n'ai rien dit de pareil. C'est vous qui détournez mes paroles. Ces paroles que je vous ai offertes pour vous réconforter.

— Alors, qu'avez-vous dit exactement ? le défia le forgeron.

— Je vous ai dit d'être patients.

Du regard, il fit le tour de l'assemblée avant de s'arrêter sur Perigoe, Horatio et Obadiah, réunis un peu à l'écart.

— N'est-ce pas la vérité ? leur demanda-t-il.

Au début, aucun des trois ne répondit. Puis Horatio acquiesça de la tête, un peu honteux.

— Il se peut que vous ayez dit ça, en effet.

Perigoe et Obadiah rougirent et hochèrent la tête à leur tour. Ce soutien ne calma pourtant pas Job Wright. Il frappa durement du poing dans la paume de sa main et vociféra en regardant Joe :

— Qu'est-ce que c'est que ces âneries ? D'abord vous nous promettez de nous aider et, quand nous vous réclamons cette aide, vous vous dissimulez derrière des mots. Vous n'êtes pas mieux que Jérémiah Ratchet. Vous êtes même pire. Au moins, lui, il fait ce qu'il dit.

L'assistance semblait ensorcelée, suspendue aux paroles du forgeron. Jamais Stirling Oliphaunt n'aurait été capable d'un tel prodige. J'avais peine à croire que le forgeron ait changé à ce point. Lui aussi s'était rendu chez nous, à minuit, comme les autres. Il avait pris l'argent et était reparti, l'esprit libéré. Maintenant, il tentait de dresser le village contre nous.

— Jérémiah Ratchet doit être puni pour ce qu'il nous a fait, continua-t-il. Nous avons trop attendu. Nous avons commencé sans Joe Zabbidou, nous finirons sans lui.

— Bien dit ! cria une voix.

Un long murmure d'approbation parcourut la foule. Joe tenta de reprendre le dessus.

— Vous ne comprenez pas, commença-t-il.

Sa voix se perdit dans le grondement hostile. Plus personne ne l'écoutait. Les regards se tournaient désormais vers Job. Leur colère montait, devenait incontrôlable. Et la peur que j'éprouvais pour Joe et pour moi se transforma en panique. J'aurais voulu crier, leur demander d'écouter, mais aucun son ne pouvait franchir la barrière de mes lèvres.

Job s'adressa à Joe.

— Vous arrivez ici, vous nous arrachez nos secrets et vous nous faites de fausses promesses. Dites-nous, qu'allez-vous faire de ces secrets ? Et combien parmi nous sont devenus vos débiteurs ?

— J'ai payé vos secrets, contesta Joe. J'ai rempli ma part du contrat.

À ces mots, Job bondit.

— Un contrat ! C'est donc bien une histoire d'argent. Et ce n'est pas vrai que vous nous avez payé si cher. La preuve, c'est que si nous voulions les racheter, nous n'en aurions pas les moyens.

L'exaspération de Joe fit place à une profonde lassitude.

— Le marché était honnête. Et je ne me suis jamais attendu à ce que vous me rachetiez ces secrets. Ce n'est pas ma façon d'envisager les affaires.

Job sursauta de nouveau. Il s'approcha si près de Joe que leurs nez se touchaient presque.

— Les affaires ? Voilà enfin la vérité. Jérémiah Ratchet lui aussi dit qu'il est un homme d'affaires. Je constate que vous n'êtes pas si différents, vous deux.

Il se retourna alors vers l'assistance.

— En fait, il se peut que nous nous en prenions à la mauvaise personne. Jérémiah Ratchet et notre bon ami Joe Zabbidou sont peut-être de mèche !

La folie s'emparait de ces visages, déformés par des rictus de rage. Comment croire que ces personnes étaient celles qui, hier encore, ouvraient leurs bras à Joe Zabbidou. J'entendis crier les mots « menteur » et « escroc ». J'en fus révolté. Je fis un pas en avant, comme si je me pensais capable de protéger mon maître, mais Joe m'empêcha d'avancer.

— Ce n'est pas ça, dit-il. Je ne vous ai pas menti. Je ne vous ai jamais rien promis...

Il ne put poursuivre. La foule avait changé de camp. Elle commença à le huer, à le siffler.

Joe semblait hébété, les bras ballants le long du corps. Les gens se baissèrent et commencèrent à lui jeter de la neige, des graviers, tout ce qui leur tombait sous la main. Je pris le bras de Joe et l'entraînai. Il était trop dangereux de demeurer dans cet espace ouvert. En remontant la rue, je ne me retournai qu'une seule fois. À ma grande consternation, j'aperçus Jérémiah Ratchet, debout sur le pas de sa porte. Quand nos regards se croisèrent, il ouvrit la bouche et éclata de rire.

*

Je verrouillai la boutique et plaçai les volets devant la vitrine. Nous restâmes enfermés le reste de la journée. Je ne pouvais croire ce que j'avais vu et je déambulais dans les deux pièces, retournant les événements de la journée dans ma tête.

— Comment ont-ils pu réagir comme ça ? Après tout ce que vous avez fait pour eux.

Joe restait assis près de la cheminée. Il entendait mes diatribes mais n'y réagissait pas. Il ne prononça guère plus d'un mot de l'après-midi. Je sentais pourtant que son cerveau fonctionnait à plein régime. Comment allait-il répliquer à ces attaques ? Envisageait-il de se venger des villageois ou de Jérémiah Ratchet ? L'une ou l'autre de ces solutions semblait inévitable. Et pourtant, au fond de moi-même, je devinais qu'il n'opterait pour aucune des deux. La vengeance n'appartenait pas au registre de Joe.

Il se parlait à lui-même, semblait chercher à se rassurer, à se convaincre qu'il n'avait rien fait de mal. « Je les ai toujours payés un bon prix », « Quand un marché est conclu, personne ne doit plus rien à personne », « Mais pour ces gens, ce n'est jamais assez. Ils m'accusent de fausses promesses ».

— Ils ne vous ont pas compris, intervins-je.

Il leva vers moi un visage si concentré que ses sourcils se rejoignaient presque.

— Je n'ai rien promis. Jérémiah n'a aucune prise sur moi, ce qui ne veut pas dire que je puisse tenter quelque chose contre lui. Il y a des règles et je me dois de les suivre.

— Des règles ? Quelles règles ?

Mais Joe était reparti dans ses pensées, dans son dialogue personnel.

— Je leur ai donné de l'argent, bien plus que ce dont ils avaient besoin, et je leur ai demandé d'être patients. C'est tout. Il n'y avait aucun engagement de ma part. Et pourtant, ils me traitent maintenant comme si je les avais trahis. Pourquoi est-ce dans la nature humaine d'entendre une chose et d'en comprendre une autre ?

— Parce que nous espérons que les choses changent, dis-je. Et en mieux. Sinon, nous abandonnerions tout espoir.

Joe ferma les yeux et murmura :

— *Dum spiro, spero*. Tant que je respire, j'espère.

Chapitre trente et un

Le message de Polly

En bas de la colline, à La Truite au Vinaigre, Benjamin Tup s'efforçait de tenir le coup. Il travaillait dur pour satisfaire la soif de sa clientèle. Jamais sa taverne n'avait été aussi comble. Elle croulait presque sous le nombre de villageois qui s'y étaient réunis, parmi lesquels Perigoe, qui avait franchi le seuil de la porte pour la pre mière fois ce soir. Ils étaient assis, debout, appuyés ou perchés sur la moindre surface disponible et formaient un cercle étroit. Malgré leur équilibre instable, beaucoup réussissaient à ne pas perdre une goutte de la chope ou de la jarre de bière qu'ils avaient en main. Job Wright était le seul à être confortablement installé. Assis sur une table bancale et tachée de bière, il occupait le centre de la scène.

— Mes chers amis ! s'égosilla-t-il à l'intention de la foule excitée et vaguement éméchée. Je pense que l'heure est venue de retrouver nos droits. Vous avez assisté à la réaction d'Horatio, un des hommes les plus courageux que j'aie jamais vus. Je ne suis pas près d'oublier la façon dont il s'accrochait à cette dinde.

Horatio rougit sous le compliment et tituba presque sous le tonnerre d'applaudissements qui se déclencha dans son dos. Il se couvrit les oreilles des mains, comme si les acclamations assourdissantes lui perforaient les tympans.

— Mais ce n'est qu'un début, poursuivit Job. Jusqu'à aujourd'hui, nous pensions que Jérémiah était la cause de tous nos malheurs. Désormais, nous savons qu'il n'est que le laquais de Joe Zabbidou. Stirling avait raison, Joe est le diable et c'est dans un jeu diabolique qu'il nous a entraînés. Quelqu'un ici peut-il dire qu'il n'est pas son débiteur ?

— Nous le sommes tous, concéda la foule. Chacun de nous l'est.

— Il nous a trompés, renchérit Job. Mais il n'est pas trop tard. Nous pouvons encore l'arrêter.

Une seule voix s'opposa à ce déluge d'accusations : celle de Polly. Elle sauta sur la table et fit face à Job. Les villageois, surpris, se turent.

— Ne croyez pas ça, cria-t-elle. On n'a rien contre Joe. C'est de Jérémiah qu'il faut s'méfier. Joe, il vous a tous aidés. Comment vous pouvez lui faire ça ?

Quelques villageois, parmi les plus sobres, murmurèrent que Polly avait marqué un point.

— La fille a raison, reconnut Lily Weaver. C'est à Jérémiah que nous devons régler son compte, en priorité.

Elias Sourdough grimpa alors sur la table, qui oscilla dangereusement.

— Non, riposta-t-il, c'est Joe le responsable. Et si vous en voulez la preuve, écoutez ceci.

Il mit la main dans sa poche et en sortit un papier froissé qu'il lut.

— Si vous voulé pas que je révèl vot' secré, laissé cinq shilins à la grill de l'aiglise, sinnon je dit tout.

Un frisson parcourut l'assemblée.

— Oui, continua Elias, c'est la lettre anonyme que j'ai trouvée dans mon magasin, sans doute déposée par Ludlow et forcément écrite par Joe Zabbidou. Et ce n'est que le commencement. Qui sera la prochaine victime de ce chantage ?

Les villageois n'eurent pas besoin d'en entendre plus. Dehors, caché dans l'ombre et l'oreille collée à la vitre de la taverne, Jérémiah Ratchet venait lui aussi d'écouter les paroles d'Elias. Une grimace hideuse qui se voulait un sourire déforma sa bouche lippue. Maintenant, il savait tout.

Le cœur de Polly, lui, battait à se rompre. « Je dois prévenir Ludlow », se dit-elle. Elle se faufila à l'extérieur de la taverne et grimpa la côte. Elle frappa nerveusement à la porte du prêteur sur gages jusqu'à ce que Ludlow lui ouvre. Il la fit entrer dans la pièce du fond. Polly s'assit sur l'angle du fauteuil, en face de la cheminée. Elle se tordait les mains.

— Que puis-je faire pour toi ? lui demanda Joe sans hausser le ton.

— Il faut que j'vous dise quelqu'chose. Quelqu'chose que vous devez savoir.

Sa voix tremblait tant qu'elle était à peine audible. Debout dans son coin, Ludlow pâlit. Que voulait-elle dire ?

« Surtout, ne lui parle pas du livre », pensa-t-il avec force comme pour lui transmettre le message.

— J'veux vous aider !

Elle avait presque l'air de s'excuser. Les mots se bousculaient dans sa bouche.

— J'suis venue vous avertir. J'crois que vous êtes en danger. Depuis la bagarre avec la dinde, tout l'monde est à La Truite au Vinaigre. Ils sont furieux. J'ai entendu des menaces affreuses. Quelqu'chose d'horrible va arriver, j'en suis sûre.

— À moi ou à Jérémiah Ratchet ? demanda Joe.

Dans les yeux de Polly, la réponse apparut, claire comme de l'eau de roche.

— Maint'nant, tout l'monde sait c'que vous faites à minuit. Ils parlent tous du Livre noir. Ils pensent que vous avez des pouvoirs magiques pour soutirer les secrets.

— Magiques ?

Les sourcils de Joe s'arrondirent sous la surprise.

— Obadiah prétend qu'vous lui avez donné une potion enchantée. Un breuvage qui délie les langues.

Les yeux de Joe s'élargirent encore.

— Quels esprits fébriles ! Ce n'est rien d'autre que du brandy, pour leur calmer les nerfs.

— Job dit qu'vous les avez payés pour qu'ils deviennent vos débiteurs. Il dit qu'vous cherchez à prendre la place de Jérémiah.

— Job est juste un fauteur de troubles, lâcha Joe d'un air dédaigneux. Alors, les villageois me détestent parce que je leur ai donné trop d'argent ? C'est de la pure folie.

— Ils vous jugent avec c'qu'ils connaissent, et c'qu'ils connaissent, c'est Jérémiah Ratchet. Vous avez promis...

— Non, l'interrompit Joe. Je n'ai rien promis.

Polly fit un geste d'excuse.

— Ils croient qu'vous avez promis d'les aider et qu'vous êtes revenu sur votre parole, comme Jérémiah Ratchet.

Elle s'arrêta un instant, baissa la tête.

— Et puis, y a cette lettre, glissa-t-elle timidement.

— Cette lettre ? firent Joe et Ludlow à l'unisson.

Polly se trémoussa sur son siège, mal à l'aise.

— J'y croyais pas jusqu'à c'qu'Elias la montre à tout l'monde, dans la taverne. Il l'a lue. C'est une lettre anonyme. Elias dit qu'elle vient de vous. Dedans, c'est écrit qu'il doit déposer cinq shillings à la grille de l'église, sinon vous révélerez son secret.

— C'est pour ça qu'il ne voulait plus me parler, s'exclama Ludlow.

Pour Joe, la surprise était si totale qu'il en rit.

— Ils pensent que j'ai écrit une telle lettre ? Pour cinq shillings ? Ils croient que j'ai commencé à les faire chanter ?

— Oui, dit Polly. Et si vous voulez regagner leur confiance, faut leur montrer qu'vous êtes de leur côté. Avant qu'ils n'fassent des horreurs.

— De quel côté croient-ils que je sois ?

Elle se contenta de hocher la tête.

— Dis-moi, lui demanda Joe d'une voix étrangement plate, comment pourrais-je prouver le contraire ? Comment peuvent-ils croire que je suis avec Jérémiah ?

— Peut-être que vous avez fait boire la potion – enfin, j'veux dire du brandy – à Jérémiah ?

— Et si je l'avais fait ? Ça changerait quoi ?

Polly sembla un peu embarrassée. Elle hésita puis se lança.

— Sous l'influence du brandy, il aurait pu vous avouer un crime terrible et, avec ça, vous pourriez l'faire chanter.

Je poussai un juron. Jamais Joe ne ferait quelque chose d'aussi sournois.

— C'est incroyable ! tonna Joe. Le chantage n'est pas mon métier.

Polly recula vers la cheminée.

— J'suis désolée, monsieur Zabbidou. J'essaie juste de vous aider. Tout l'monde vous en veut tellement. J'ai pensé qu'vous deviez le savoir.

— Et Jérémiah ? demanda brusquement Joe. Est-il au courant de tout ça ?

— Je sais pas, répondit Polly. Peut-être que non. Mais j'crois qu'il se doute de quelqu'chose. Il a emmené un des Sourdough dans sa bibliothèque l'autre jour. J'voudrais bien savoir pourquoi.

Joe secoua la tête d'un côté puis de l'autre et s'appuya contre le manteau de la cheminée.

— Comme c'est triste de voir à quelle vitesse les gens sont prêts à se dresser les uns contre les autres.

Polly jeta un bref coup d'œil à Ludlow.

— S'il te plaît, fais attention, lui dit-elle.

La seconde d'après, elle était partie.

Chapitre trente-deux

Extrait des mémoires de Ludlow Fitch

Après le départ de Polly, Joe sortit la bouteille de brandy et deux verres et les posa sur le dessus de la cheminée. Puis il s'assit lourdement dans un des sièges et ferma les yeux.

— Maintenant, il nous faut patienter, dit-il.

— Attendez-vous quelqu'un ?

— Peut-être.

— Dois-je préparer le livre ?

— Pas encore.

Je m'assis à la table. Que pouvais-je faire d'autre ? Je tremblais et j'avais la bouche sèche. J'entendis la cloche de l'église égrener les heures. Il fut bientôt minuit et, contre mon attente, tout demeurait tranquille dehors. Mes paupières se firent lourdes. Je commençai à sommeiller et à rêver. Je courais ou, plutôt, je fuyais. Quelqu'un me poursuivait et je ne parvenais pas à distinguer qui. Chaque fois que je me retournais, une lumière, dirigée vers moi, trouait l'obscurité et m'aveuglait. Mes poumons me brûlaient et mes jambes pesaient du plomb. Je tentais d'appeler mais aucun son ne sortait de ma bouche. P'pa émergeait alors de la brume, me jetait à terre et essayait de m'étrangler. M'man et quelqu'un d'autre se précipitaient vers nous. Leurs pas résonnaient comme des marteaux.

Je m'éveillai, tremblant et le cœur battant, mais le bruit du marteau continua. Quelqu'un cognait sur la porte. Joe était déjà dans la boutique. Je sus aussitôt qui était là. Il n'y avait qu'une personne à Pagus Parvus capable de s'annoncer de cette façon.

Jérémiah Ratchet.

Je rejoignis Joe dans la boutique et aperçus la large silhouette de Jérémiah. Elle se découpait derrière la porte d'entrée, voilant la lueur de la lune. Son poing était levé, prêt à cogner de nouveau. Mais Joe fut plus rapide. Il ouvrit la porte avec une telle vivacité que Jérémiah tomba presque dans la boutique.

— Hurrmpff ! grogna-t-il en se redressant.

— Ah, monsieur Ratchet, quelle bonne surprise ! fit Joe.

Jérémiah se campa solidement sur ses deux pieds et jeta le coup d'œil circulaire du conquérant qui prend possession d'un nouveau territoire. Il aperçut la grenouille et les deux créatures s'observèrent quelques secondes avec un intérêt manifeste. Ce fut Saluki qui abandonna la première, retournant à ses occupations. Ratchet s'avança alors et passa dans l'arrière-boutique. Joe le suivit. Je fis de même et m'assis à la table en m'appuyant contre le mur, m'efforçant de rester dans l'ombre.

Jérémiah s'installa dos à la cheminée et se réchauffa les fesses. Il croisa les bras et tordit le nez, comme si une mauvaise odeur le dérangeait. Joe remplit les deux verres, un à moitié et l'autre à ras bord. Il tendit le verre plein à son visiteur. Jérémiah l'avala d'un seul trait.

— Monsieur Zabbidou, dit-il enfin, j'irai droit au but. Je ne suis pas homme à mâcher mes mots. J'appelle un chat un chat.

Mon estomac se noua. Joe, étrangement calme, se fit narquois.

— Et que voulez-vous dire, alors ?

— Vous m'avez berné pendant un certain temps. Mais je vous ai percé à jour. Je connais vos combines.

Il attendit la réponse de Joe, un sourire suffisant aux lèvres, semblant espérer un compliment.

— Mes combines ? reprit Joe.

— Je ne le nierai pas, vous m'avez causé bien des soucis et vous n'avez cessé de contrarier la bonne marche de mes affaires. Au début, j'ai cru à un complot de votre part, dirigé contre moi. J'ai assisté à ces allées et venues au milieu de la nuit. Les villageois vous prenaient pour une sorte de héros et je n'en comprenais pas la raison. Pour moi, vous n'apportiez que des ennuis. Mais maintenant que j'ai compris ce que vous faites, je suis venu vous demander votre aide.

Les gouttes de sueur qui ruisselaient de son front trahissaient sa nervosité. Il les épongea de son mouchoir.

— Quoi ! m'écriai-je.

Je n'avais pu m'en empêcher. Je me tournai vers Joe.

— Vous n'allez pas le croire, j'espère ?

Joe me fit signe de rester tranquille.

— Et comment puis-je vous aider, monsieur Ratchet ?

Jérémiah s'affala dans le fauteuil avec un profond soupir. Ses grosses fesses s'encastrèrent entre les accoudoirs. Puis, à mon grand étonnement, il se mit à sangloter. C'était une vision affreuse.

— Je détiens un secret terrible dont je voudrais me décharger. Je ne connais personne à qui le confier. Qui d'autre que vous pourrait m'aider ?

Ses larmes l'empêchaient presque de parler. Je me retenais pour ne pas sortir de mes gonds. Ratchet prêt à se confesser ? Ratchet en train de pleurer ? Il jouait la comédie, évidemment. Pourtant Joe fit comme si de rien n'était, comme si l'attitude de Jérémiah lui semblait normale.

— Et qu'attendez-vous de moi ? demanda-t-il avec une gentillesse déconcertante.

Jérémiah glissa un œil humide entre ses doigts potelés.

— Que vous gardiez mon secret dans votre livre. Le Livre des Secrets.

Le dégoût me submergea. Jérémiah Ratchet ne valait pas une seule goutte de l'encre utilisée dans ce livre. Je me préparai à le lui dire quand Joe conclut :

— C'est une sage décision, monsieur Ratchet. Ludlow, sors le livre, s'il te plaît.

J'étais médusé. Comment Joe pouvait-il avaler ces couleuvres ? Il allait acheter le secret de Ratchet. Pourquoi ?

Pour le faire chanter, comme avait dit Polly ? Non, Joe ne ferait sûrement pas une chose pareille.

— Le livre, Ludlow ! m'intima Joe d'un ton sec.

Je me levai en traînant les pieds. L'œil de Ratchet ne me lâchait pas d'un pouce. Je tirai le livre de sous mon coussin et commençai à l'ouvrir sur la table. J'entendis alors comme un bruit de succion. C'était le postérieur de Ratchet qui s'extrayait du fauteuil. Il bondit vers moi à une vitesse démente. Sa masse était impressionnante et j'allongeai les bras pour me protéger. Il se jeta sur moi et, d'une violente poussée, me projeta contre la table. En tombant, je vis le livre s'élever vers le plafond. Il s'ouvrit et tournoya dans l'air. Puis une énorme main, enflée, l'atteignit et se referma sur lui avant qu'il ait eu le temps de retomber.

Jérémiah Ratchet avait pris possession du Livre noir des secrets.

*

Une séquence assez comique s'ensuivit. Jérémiah avait bénéficié de son poids et de l'effet de surprise. Mais l'alcool qu'il avait ingurgité neutralisa ces avantages. Joe était alerte, plus léger et sans conteste le plus rapide des deux. À une vitesse qui défiait les lois de la physique, Joe se releva de son siège. Son agilité et sa grâce m'évoquèrent le saut d'une gazelle. Il ne lui fallut que deux enjambées pour se retrouver à côté de Jérémiah. Avec une vivacité inouïe, il saisit le livre qui glissa des mains moites de son adversaire. Ratchet jura et tenta dans un effort désespéré de récupérer son trésor.

Comme un éléphant ivre, il titubait d'un côté à l'autre de la pièce, tandis que Joe l'évitait avec aisance. Quant à moi, allongé sur le plancher, je les regardais, essayant de me remettre du choc. Le poids de Jérémiah lancé à toute allure m'avait vraiment secoué.

L'action n'avait pas duré plus d'une minute. Jérémiah fut forcé d'abandonner. Épuisé, il glissa le long du mur et s'assit dans une posture assez vulgaire, jambes écartées et bouche grande ouverte. Il avait le visage rouge vif, les yeux exorbités. À chaque respiration, son souffle produisait un bruit de crécelle.

Joe se tenait maintenant au-dessus de lui, les vêtements débraillés, les cheveux hirsutes. Son ombre dansait sur le mur, fine et souple. Je me soulevai et me plaçai à ses côtés. Joe sermonna Jérémiah.

— Votre conduite est inadmissible, monsieur Ratchet. Je m'attendais à un autre comportement de la part d'un homme de votre envergure.

Jérémiah se releva. Désormais, il ne simulait plus ni les pleurs ni le remords.

— Écoutez, monsieur Zabbidou. Vous n'avez pas l'air de comprendre. Vous êtes un homme fini dans cet endroit. Les habitants vont venir et vous jeter hors de ce village. Avant que vous ne partiez, je veux ce livre. Et ce que je veux, je l'obtiens.

J'éclatai de rire. Pauvre Ratchet. C'est lui qui ne comprenait rien. Jamais Joe ne donnerait ce livre, ni à lui ni à personne.

— Il n'en est pas question, confirma Joe. Le contenu de

ce livre est confidentiel et je compte bien le garder, pour toujours.

— Ah, Zabbidou, arrêtez !

Joe grimaça devant cette familiarité, ce qui n'empêcha pas Ratchet d'enchaîner.

— En quoi ce livre vous sera-t-il utile désormais ? Pourquoi l'emporter alors que je pourrais en faire si bon usage ? Nous sommes tous les deux des hommes d'affaires, Zabbidou. Le garder ne serait que pure malveillance à mon égard.

— Et à quoi vous servirait-il exactement, monsieur Ratchet ?

Ratchet parut surpris.

— D'instrument de chantage, bien sûr. Et je vous garantis que je suis meilleur que vous à ce jeu-là. Demander cinq shillings à la grille de l'église ! Voilà de la petite besogne, si vous permettez.

J'en restai bouche bée. Le toupet de Jérémiah n'avait donc pas de limites ?

— Ce n'est pas Joe qui a écrit cette lettre, m'écriai-je.

Mais Joe m'ordonna le silence.

— Dans ces conditions, monsieur Ratchet, nous n'avons plus rien à nous dire. Je vous remercie de sortir d'ici.

La réaction de Jérémiah nous étonna. Il leva les mains en l'air, comme pour se rendre.

— Comme vous voulez, dit-il.

L'air vaincu, il repassa dans la boutique. Il s'arrêta alors devant le bocal de Saluki et posa les mains sur le couvercle.

Inquiet, je suivais ses mouvements. Que manigançait-il encore ?

— Donnez-moi ce livre, jeta-t-il à Joe entre ses dents jaunies. Donnez-le-moi ou je tue votre si précieuse grenouille.

— Je vous préviens, répliqua Joe. Ne touchez pas à cette grenouille. Elle n'aime pas ça.

— Tiens donc ! Elle n'aime pas ça ?

Ironique, Jérémiah avait imité la voix d'un enfant capricieux.

— Donnez-moi ce livre et je ne lui ferai pas de mal.

— Ne touchez pas à cette grenouille, menaça Joe.

— Ah bon ? cria Jérémiah.

Il souleva le couvercle et plongea les deux mains dans le bocal. Il les referma sur Saluki.

— Non ! hurla Joe.

Trop tard. Jérémiah poussa un cri et lâcha Saluki qui atterrit sur le sol avec un bruit mat. Elle s'assit, comme étourdie.

— Elle m'a mordu ! Je crois qu'elle m'a mordu !

Il observait sa main, incrédule. Furieux, il attrapa le bocal vide qu'il souleva au-dessus de sa tête.

— Donnez-moi ce satané bouquin ou j'aplatis votre grenouille !

Joe – et Saluki ! – le fixèrent d'un œil triste.

— Croyez-moi, lui fit Joe en s'approchant, il ne vous apportera rien de bon.

Et il tendit le Livre noir des secrets à Jérémiah Ratchet.

Celui-ci le saisit et le considéra avec une grimace de triomphe.

— Ça, c'est moi qui en déciderai !

Sans un mot de plus, il tourna les talons et sortit en claquant la porte. Avec des mouvements précis et gracieux, Saluki escalada le comptoir et retourna dans son bocal. Joe replaça le couvercle et lui jeta deux moucherons, que la grenouille mâchonna comme si rien ne s'était passé. C'était étrange. Je n'aurais jamais cru qu'une grenouille puisse exprimer de la satisfaction, mais, à cet instant précis, je vous jure que Saluki donnait cette impression. Ses couleurs vives se mirent à vibrer et son œil brillant semblait dire :

— Tu étais prévenu, Ratchet. Tu étais prévenu !

Chapitre trente-trois

Dernière heure

Jérémiah Ratchet exultait. Il aurait adoré bondir de joie, mais les pavés gelés rendaient cet exercice périlleux. Alors il se contenta de frapper l'air de son poing fermé en poussant des cris de victoire.

Il était fier de lui. Comme il l'avait subodoré, le Livre noir était la clef de toute cette histoire. L'avoir en main le vengeait de l'humiliation infligée par Horatio et sa dinde le matin même. Mais, sans cette altercation, jamais il n'aurait deviné ce que contenait ce livre. Après avoir regagné son domicile, la dinde sous le bras, il avait surveillé la foule, ainsi que Joe et Ludlow, de sa fenêtre. Et il avait tout entendu, sans en perdre un mot. Quels crétins, ces villageois ! Aller confier ses secrets à Joe Zabbidou ! C'est alors qu'avait germé son plan. Maintenant, il savait comment mettre la main sur ce livre. Il prétendrait que lui aussi avait un secret à mettre en gage et le tour serait joué. Puis il avait espionné les conversations à La Truite au Vinaigre et, alors, ç'avait été la cerise sur le gâteau. Comment Joe avait-il été assez stupide pour envoyer cette lettre ? Ce faisant, il avait brûlé tous les ponts entre lui et le village et, par la même occasion, il lui avait fait, à lui Jérémiah, un somptueux cadeau. Il mettrait la main sur ce livre avant que les villageois ne se débarrassent de Joe. Et quand il détiendrait ce moyen de chantage, il ne mettrait pas longtemps à reprendre le pouvoir à Pagus Parvus.

Pour être juste, Jérémiah ne pensait pas qu'il serait si simple de dérober le Livre noir des secrets. Comment aurait-il pu imaginer que Joe préférât sa grenouille à ce livre ? Si cela avait été possible, Jérémiah se serait embrassé pour se féliciter.

Bouillant d'impatience et de désir à l'idée de découvrir ces fameux secrets, il ne referma pas complètement la porte de chez lui. Il ne remarqua pas l'ombre qui se faufilait derrière lui et qui le suivit jusqu'à la porte de sa bibliothèque. L'intrus se dissimula dans le coin le plus sombre du couloir et attendit, l'œil aux aguets. La pleine lune brillait et, à travers les carreaux, ses rayons se posèrent sur la pendule, qui indiquait trois heures et quart.

Jérémiah se débarrassa de son manteau et le jeta sur un sofa. Il ôta son chapeau qu'il lança sur le sol. À chaque pas, la neige tombait de ses chaussures et fondait sur le tapis, laissant des traces humides et sombres. Il souleva le livre en l'air, comme la coupe d'un vainqueur. Le ruban rouge, libéré, pendait entre les pages.

— Je leur montrerai ! s'esclaffa-t-il. Ils vont me payer leur traîtrise.

Il s'installa devant le feu mourant et se cala dans l'un de ses si coûteux fauteuils en cuir. Il jeta un rapide coup d'œil à la couverture. Comme il ne comprenait rien à l'inscription, il n'insista pas et, posant bien à plat le livre sur ses genoux, il l'ouvrit. Il mouilla le bout de son gros doigt et commença à le feuilleter avec délectation. Il lut doucement d'abord puis de plus en plus vite. Il gloussait, poussait des petits cris de joie. Plus d'une fois, il s'arrêta pour joindre les mains en remerciant Dieu de lui avoir accordé ce présent. Cependant, ce geste n'était pas seulement une marque de ferveur mais un moyen de calmer la paume de sa main, qui le brûlait. La morsure de Saluki, si c'était bien la cause de sa douleur, s'avérait aussi irritante que son maître. Mais, pour l'instant, il jubilait encore.

— Ma fortune est faite ! Ce livre contient des secrets que je n'aurais jamais imaginés. Et pas seulement de Pagus Parvus. De partout ! Et ce docteur Mouldered. Nom de nom, qui aurait dit ça ?

Au comble de la joie, il referma le livre. Une feuille s'en échappa, vola et atterrit à ses pieds. Jérémiah respirait difficilement mais il se pencha pour la ramasser. Il la dirigea vers la lumière. Son bord déchiré laissait supposer qu'elle provenait d'un autre ouvrage. Elle contenait une image vivement colorée, un dessin à la main qui trahissait une habileté certaine.

— Des grenouilles ? jura Jérémiah avec dédain.

Il parcourut la légende inscrite sous le dessin et s'effondra dans le fauteuil avec un soupir des plus sinistres.

— Qu'est-ce qu'il a fait ? Ce diable à la langue fourchue ! Il s'est joué de moi !

Ses mains le lançaient désormais. Elles le brûlaient. Ses mouvements se firent plus lents. Il sentit ses bras puis son corps s'engourdir. Un poids oppressait sa poitrine. Sa gorge enflait. Soudain, il éprouva une difficulté extrême à respirer. Il put néanmoins distinguer, bien qu'il ne fût même plus capable d'exprimer de la surprise, la silhouette d'un garçon qui sortait de l'ombre et se dirigeait vers lui.

— Qui... qui est là ? bégaya-t-il.

La forme ne répondit pas. Elle se contenta d'observer l'homme qui succombait. Puis elle se pencha et ramassa le livre sur le plancher.

— Qui vous a fait ça ? murmura l'intrus.

Les lèvres de Jérémiah s'entrouvrirent et, sans qu'un bruit s'en échappe, parvinrent à former un mot.

Le garçon secoua la tête et disparut.

Chapitre trente-quatre

Extrait des mémoires de Ludlow Fitch

Dès que Jérémiah eut quitté la boutique, je me tournai vers Joe. À cet instant, je m'avérais incapable de rassembler les pièces du puzzle. Tout ce que je voyais, c'était que Jérémiah était parti avec le bien le plus précieux de Joe.

« Non, précisai-je pour moi-même, *notre* bien le plus précieux. »

Car cet ouvrage faisait désormais partie de mon existence. Incapable de me contrôler, fou de rage et de déception, je me jetai sur Joe et lui frappai la poitrine de mes poings.

— Comment avez-vous pu le laisser l'emporter ? Vous savez ce qu'il va en faire !

Joe me repoussa doucement et, d'un sourire, tenta de mettre fin à ma colère.

— Calme-toi, Ludlow. N'as-tu donc pas compris ? C'est le moment que nous attendions.

Il se versa un nouveau verre de brandy (je ne l'avais jamais vu boire autant), pencha la tête et l'avala d'un trait.

— Je dois reconnaître que ce gaillard m'en a fait voir de toutes les couleurs. Je pensais qu'il viendrait bien plus tôt. Cela nous aurait épargné toutes ces difficultés. Vraiment, il a pris son temps.

J'étais aussi étonné que furieux. Les questions me brûlaient les lèvres. Joe me devait la vérité.

— Cela signifie-t-il que vous vouliez le voir agir ainsi ?

— Ce n'est pas ce que je voulais, corrigea Joe, mais ce que Jérémiah voulait. Cet homme ne peut dissimuler sa vraie nature. Il ne supporte pas que les autres possèdent ce qu'il désire.

— Vous parlez encore par énigmes. Dites-moi simplement ce qui se passe. Je mérite bien de savoir.

— Que veux-tu savoir, Ludlow ? Que crois-tu que je t'aie caché ?

Sa tranquillité me désarma. Ma colère se dissipa, remplacée par une certaine confusion.

— Un tas de choses. Vous dites que vous n'êtes pas un maître chanteur mais vous demandez à Jérémiah de vous livrer son secret, comme Polly avait dit. Vous l'auriez payé, lui aussi ?

Joe parut choqué par ma réflexion.

— De toi, j'attendais autre chose qu'une telle accusation. Jérémiah, malgré ses fautes, méritait une chance, comme n'importe qui. Il avait droit à être soulagé. Crois-tu vraiment que, malgré sa noirceur, il n'ait jamais ressenti de remords ? J'ai voulu lui donner une opportunité de se racheter. Cela fait partie de mes engagements.

— Une opportunité de quoi ?

— De dire qu'il était désolé.

— Et s'il l'avait dit, que serait-il arrivé ?

— Eh bien, s'il m'avait confié un secret, je l'aurais payé. Les règles sont les règles. Les choses auraient été différentes, bien sûr. Dans le cas présent, il est le seul à pouvoir se faire des reproches.

J'étais exaspéré.

— Et quelles sont ces règles, au juste ?

Il resta silencieux.

— Qui êtes-vous, Joe ?

— Je te dirai bientôt la vérité, je te le promets. Mais il y a plus important maintenant. Tu dois aller rechercher le livre.

Je ne pus m'empêcher de rire. Un rire sarcastique.

— Ah oui ? Et comment suis-je supposé y arriver ?

— Tu trouveras un moyen. Il faut te dépêcher, il doit être à mi-chemin de chez lui, en ce moment.

— Vous ne m'accompagnez pas ?

— J'ai fait ma part du travail. Maintenant, c'est ton tour.

Je serrai les poings, furieux, mais ne perdis pas une seconde de plus. Des nombreuses questions qu'il me restait à poser à Joe, aucune n'était urgente au point de s'attarder. Il avait raison, je devais récupérer le Livre noir. Celui-ci contenait les secrets de Pagus Parvus et même ceux d'autres villages. Jérémiah connaissait ceux de Perigoe, d'Horatio et d'Obadiah ; en connaissait-il d'autres ? Il y avait tant de secrets, ici. Je me rendis compte que, jusqu'à présent, j'avais considéré notre travail comme une sorte de jeu qui opposait deux équipes, les villageois et nous d'un côté, Jérémiah Ratchet de l'autre. Or, l'affaire avait maintenant pris un tour tragique. C'est moi qui avais consigné leurs confessions, c'était donc à moi qu'incombait la tâche de les protéger.

Je m'élançai jusqu'à la porte puis dans la descente gelée. Je glissais, dérapais et les maudissais tous les deux, Jérémiah comme Joe, empoisonné par un doute affreux. Job Wright n'était peut-être pas si loin de la vérité en affirmant que Joe manipulait les villageois. N'avais-je pas fait preuve d'une naïvete confondante ? Bercé par la douceur de ma nouvelle existence, accroché au désir de retrouver un vrai père, n'avais-je pas refusé de voir ce qui se passait sous mon nez ? Cet aveuglement, était-ce la punition que le destin réserve à ceux qui acceptent des récompenses qu'ils ne méritent pas ?

Non, ces interrogations n'avaient pas de sens. « Ce n'est pas une histoire d'argent, me dis-je dans la nuit, il doit y avoir une autre raison. »

Jérémiah était déjà rentré chez lui, mais, dans sa hâte, il avait omis de tirer le loquet. Je m'introduisis dans son vestibule et suivis les traces de neige qu'il avait laissées sur le plancher. Je me dissimulai dans l'encoignure de la porte de sa bibliothèque et l'observai, tandis qu'il s'asseyait dans son fauteuil. Quelque part près de moi, un pâté à la viande exhalait un fumet délicieux qui me mit l'eau à la bouche.

Je me demandai quoi faire. Mon cœur battait si fort que j'avais presque peur que Ratchet ne remarque ma présence.

J'apercevais le haut de son crâne, j'entendais les pages tourner. Bientôt, il serait trop tard, il serait au courant de tout. Puis il referma le livre d'un coup sec. Une feuille s'en échappa et vola sur le sol. Il se pencha pour la ramasser. Il dit quelque chose, poussa un grognement et s'effondra dans son siège. Il n'y eut plus que le bruit de sa respiration haletante.

Je ne sais combien de temps j'attendis avant de me faufiler près de lui, sur la pointe des pieds. Il remuait si peu que je le pensai assoupi. Je me retrouvai debout devant lui. Il avait les yeux ouverts et, pendant l'espace de quelques secondes, je crus qu'il allait bondir sur moi. Mais il n'esquissa pas un geste. Il offrait un spectacle terrible. Son visage était livide, son souffle irrégulier et bruyant. Je compris que Ratchet agonisait.

— Qui est là ? grogna-t-il.

Sa voix était à peine audible. Je me penchai et ramassai le livre tombé sur le sol.

— Qui vous a fait ça ? lui demandai-je.

Ses lèvres s'entrouvrirent doucement. Il ne parvint à prononcer qu'un mot et un seul. Joe.

Je ne pouvais rien pour lui. Alors je partis.

Chapitre trente-cinq

Extrait des mémoires de Ludlow Fitch

Le dernier mot de Jérémiah fit voler mon nouveau monde en éclats. Dans son regard, j'avais vu qu'il disait la vérité. Je remontai la colline avec des jambes de plomb et le cerveau en miettes. Durant tout ce temps passé à Pagus Parvus, j'avais pensé que Joe était le meilleur d'entre nous, meilleur que je n'aurais jamais pu espérer l'être un jour et, au bout du compte, il était aussi mauvais que M'man et P'pa, sinon pire. À ma connaissance, mes parents, eux, n'avaient jamais tué personne intentionnellement. Comme tout le monde ici, j'avais souhaité que Joe vienne à bout de Jérémiah. Mais pas de cette façon. Il ne fallait pas avoir peur des mots. Joe était un meurtrier.

Comment avait-il procédé ?

Je tentai de me remémorer chaque instant de leur dernière rencontre afin de découvrir un indice. Il n'y avait pas d'arme et Jérémiah n'avait pas été blessé. S'il avait été empoisonné, comment Joe lui avait-il administré la substance ? Ils avaient tous les deux bu du brandy. Peut-être était-ce le verre ?

Oui, c'était forcément ça. Joe avait versé le poison dans le verre de Jérémiah avant d'y ajouter le brandy. Jérémiah l'avait avalé d'un seul trait et, à la grande joie de Joe, il l'avait même arrosé d'une ration supplémentaire.

*

Joe m'attendait près du feu, un verre à la main. À le voir ainsi, personne n'aurait cru qu'une bagarre avait eu lieu ici. Il avait même rangé la pièce.

— Tu l'as ? me questionna-t-il aussitôt.

Je lui tendis le livre.

— Beau travail. Je savais que je pouvais te faire confiance.

Je voulus dire quelque chose mais j'étais encore trop retourné pour parler. C'est alors que j'aperçus sa sacoche, sur la table. Elle était bouclée et bourrée à craquer. Un petit sac, contenant le minimum indispensable, était posé à côté. Une sueur froide me courut dans le dos. Les mots parvinrent enfin à mes lèvres.

— Vous partez, n'est-ce pas ?

Il leva la main pour me faire taire.

— Chut ! souffla-t-il. Écoute.

Il y avait quelqu'un dehors. J'entendis des voix et des bruits de pas dans la neige gelée. Je me faufilai jusqu'à la porte et inspectai la boutique. Des ombres vêtues de manteaux bougèrent de l'autre côté de la vitre et, dans la lueur de torches, ils apparurent, semblables à des créatures sorties de l'enfer. Parmi eux, je reconnus la silhouette voûtée d'Obadiah Strang, la minuscule Perigoe Leafbinder et la forme épaisse d'Horatio Cleaver.

Un chœur s'éleva soudain, fort d'une centaine de voix.

— Sors d'ici, Joe Zabbidou. Ou nous mettons le feu à ta boutique.

À la vue de cette foule démoniaque, mes jambes ne parvinrent plus à me soutenir. Je m'accrochai à la porte et, fou de terreur, je me retournai vers Joe.

— Ils sont là, dehors, paniquai-je. Tous. Ils sont venus, comme Polly a dit. Ils vont nous tuer.

Joe ne bougea pas d'où il était. Il prit juste une longue gorgée de son brandy.

— Sois patient, me dit-il. Juste un peu patient.

— On n'a plus le temps d'être patients, maintenant.

J'avais presque hurlé de peur. Je me cramponnai à sa cape. Il me saisit alors par les poignets.

— Pas encore !

— Sors d'ici, Joe Zabbidou. Sors d'ici !

Les voix se faisaient de plus en plus fortes, de plus en plus menaçantes.

Puis nous entendîmes la vitre de la porte voler en éclats. Le comptoir se couvrit de morceaux de verre brisé. La boutique se remplit de fumée, d'une infecte odeur de pétrole et d'un bruit de flammes. Dans la rue, ils commençaient à détruire la porte et la vitrine en frappant avec des gourdins. Le vacarme était assourdissant. La fumée noire s'épaississait, prenait à la gorge. La chaleur montait.

Extrait des mémoires de Ludlow Fitch

— Sors d'ici, Joe Zabbidou, sors d'ici !

Joe refusait toujours de bouger. Je tentai de m'échapper, mais sa poigne ressemblait à un étau.

— Allez-vous me laisser mourir, moi aussi ? criai-je.

Il ne m'entendit pas. Il tournait la tête d'un côté, comme pour guetter un miracle.

Je commençai à hurler et à pleurer. À l'extérieur, la clameur n'avait désormais plus rien d'humain. Des nuages de fumée emplirent la pièce du fond et, bientôt, je fus presque incapable de voir ma propre main devant mes yeux.

C'est alors que, tout à coup, au milieu de la foule en folie, une voix s'éleva. Une voix perçante qui domina toutes les autres. La voix de Polly.

— Ratchet est mort ! Jérémiah Ratchet est mort !

Alors, Joe desserra son étreinte sur mes poignets et leva les bras en signe de triomphe.

— *Acta est fabula*, dit-il. La pièce est terminée.

Chapitre trente-six

Les restes

Pour une raison qu'elle ignorait, Polly s'était réveillée en pleine nuit. Puis, comme elle était réveillée, elle avait eu faim. Sûre que Jérémiah serait couché, elle avait pris une chandelle et était descendue sans faire de bruit. En se rendant à la cuisine, elle s'était rendu compte que la porte d'entrée était ouverte et elle l'avait refermée. « Tiens, avait-elle pensé, finalement, il est sorti. Je suppose qu'il rentrera bientôt, rond comme une barrique. »

Puis elle avait remarqué la lumière dans la bibliothèque.

Le plateau du dîner de la veille était encore posé sur le bureau et Polly avait secoué la tête, énervée. Elle ne supportait pas de voir de la nourriture gâchée. Une tranche de pâté était intacte sur une assiette. Elle grignota un morceau de la croûte et le recracha aussitôt. Il avait un goût de sable.

— C'est bien les pâtés d'Horatio, ça ! se dit-elle tout haut.

Horatio l'avait apporté en personne. Elle se promit de lui dire ce qu'elle en pensait la prochaine fois qu'elle le rencontrerait. Elle aperçut alors les traces de pas humides sur le tapis, l'écharpe et le chapeau jetés sur le sol. Vite, elle s'essuya la bouche du revers de sa manche, faisant disparaître les miettes suspectes.

— Dieu du ciel ! s'exclama-t-elle. Monsieur Ratchet, que faites-vous ici ?

Le haut de la tête de Jérémiah dépassait du fauteuil. Le sommet de son crâne était reconnaissable entre mille. Un petit rond dégarni en occupait le centre, entouré d'un mélange de cheveux poivre et sel. Et Jérémiah avait beau s'appliquer quotidiennement une lotion hors de prix pour les garder plaqués, des mèches rebelles se dressaient au-dessus des oreilles. Polly fit le tour du fauteuil et découvrit le visage de son maître, yeux grands ouverts et voilés par l'ombre de la mort. Elle hurla.

Il ne serait jamais venu à l'idée de quiconque de prétendre que Jérémiah Ratchet était un bel homme. Il ressemblait à un crapaud sur le point d'éclater et la mort ne modifiait que très peu son apparence. Il semblait un peu plus raide peut-être, un peu moins visqueux. Dans la main, il tenait une feuille de papier, coincée entre les doigts. Bien que frappée par la beauté de l'illustration, Polly ne s'attarda pas sur le sujet. C'est plutôt l'expression de Jérémiah qui retint son attention. La bouche grimaçante, figée dans une sorte de bâillement, et les yeux écarquillés donnaient une impression de stupéfaction. Visiblement, la vision de la mort avait bouleversé Jérémiah.

La pauvre Polly n'avait jamais vu de cadavre d'aussi près et il lui fallut du temps pour reprendre ses esprits. Pourtant, quand ce fut chose faite, elle fit preuve d'une lucidité surprenante. De ses doigts tremblants, elle fouilla dans le gilet de Jérémiah et en retira une bourse bien remplie qui disparut aussitôt dans la poche de son tablier. Elle considéra une dernière fois le visage de son défunt maître. Puis elle recula et heurta un objet dur derrière elle. C'était le seau à charbon.

— Va donc te réchauffer aux flammes de l'enfer, toi et ton cœur de glace ! jura-t-elle.

Puis elle se précipita dans la rue et, de sa voix aiguë, elle cria la nouvelle au village.

— Ratchet est mort ! Jérémiah Ratchet est mort !

Chapitre trente-sept

Le diagnostic

Sa vie durant, Jérémiah Ratchet avait tenu les villageois à distance. Pourtant, quelques minutes après sa mort, tous étaient rassemblés chez lui. Ils couraient de bas en haut de sa maison, ouvraient et fermaient les portes, empochaient ce qu'ils pouvaient dérober. Chacun avait une bonne raison de se sentir floué et de s'octroyer une compensation

— Il paraît que sa baignoire est en or massif ! disait l'un en fourrant un beau crachoir dans sa besace.

— Et tu sais qu'il mangeait dans des assiettes en argent et qu'il buvait dans des verres de cristal ? surenchérissait l'autre, arrachant une lampe en laiton du mur.

Un troisième tapotait de ses doigts poilus sur les panneaux de bois de l'escalier. Il cherchait le passage secret qui menait au sous-sol. Celui-ci, disait-on, recélait des bijoux, divers trésors mais aussi les réserves de bière et les vins fins.

— L'est là ! cria le jeune Sourdough au rez-de-chaussée. Ooooh ! L'est tout noir et bleu !

Dans un tumulte indescriptible, la foule se déversa dans la bibliothèque et se rua autour du siège comme des vagues sur un rocher. Le jeune Sourdough avait dit juste. La peau de Jérémiah avait pris une vilaine teinte marbrée qui contrastait avec l'écume jaune au coin de sa bouche. Ce spectacle fut trop pénible pour Lily Weaver. Elle soupira et s'évanouit. Elle serait tombée si la foule des Pagus Parviens, serrés autour d'elle, ne l'avait pas maintenue debout. Ses voisins la soulevèrent et son corps inanimé navigua par-dessus les têtes, pareil à une bouteille emportée par la mer. Quelqu'un la déposa sans plus de précautions dans le couloir.

Une voix s'éleva soudain dans le brouhaha ambiant et le docteur Mouldered fit irruption dans la bibliothèque. Il joua des coudes, poussa, bouscula et parvint, non sans mal, à se frayer un chemin jusqu'à Jérémiah.

— Grâce au ciel, z'êtes enfin là ! l'accueillit Elias Sourdough. Le Ratchet, l'a passé l'arme à gauche.

La foule fit silence et attendit que le docteur évalue la situation. Quelques-uns des villageois partageaient un engouement certain pour l'autodiagnostic (aidés en cela par le célèbre ouvrage du docteur Moriarti, disponible pour une somme modique à la librairie de Perigoe Leafbinder), mais puisque Mouldered était là, ils préféraient s'en remettre au spécialiste.

Le docteur tourna plusieurs fois autour du fauteuil en tripotant les poils clairsemés de sa barbichette. Le fait de se retrouver ainsi sur le devant de la scène mettait ses nerfs à rude épreuve. Il s'efforçait de donner le meilleur de lui-même. Des gouttes de sueur ruisselaient dans les sillons de son front. Il promena une langue rose pâle sur ses lèvres desséchées, se racla le gosier et, finalement, annonça d'une voix rauque le résultat de ses investigations.

— Je pense que Jérémiah Ratchet a été frappé d'un arrêt brutal du cœur, une sorte d'apoplexie, qui a entraîné une mort prématurée.

Un murmure parcourut l'assemblée, apparemment déçue. Les spectateurs s'attendaient à une analyse plus longue et plus fouillée. Un petit discours n'aurait pas été superflu.

— L'a plutôt l'air d'avoir comme qui dirait étouffé, non ? Et r'garde donc ses mains. L'ont pas l'air ben normales, si ? Es-tu sûr de c'que t'avances ?

Penser que Jérémiah avait été étouffé revenait un peu à prendre ses désirs pour des réalités. Mais, en ce qui concernait les mains, Mouldered, après une observation plus détaillée, fut bien forcé d'admettre qu'elles étaient boursouflées et rouge vif, comme à la suite d'une brûlure des plus sévères.

Il se redressa et confirma son diagnostic avec toute la conviction d'un homme qui n'en a aucune.

— J'en suis sûr. D'ailleurs les victimes d'attaques cardiaques présentent souvent des mains... des mains...

Il réfléchit et fouilla dans ses poches comme s'il allait y trouver les termes médicaux qui ne lui venaient pas. Enfin il abandonna et acheva lamentablement.

— ... des mains comme ça !

Les sourcils se soulevèrent, les ricanements fusèrent, les visages s'interrogèrent, mais Mouldered refusa d'en dire plus. L'excitation retomba et les villageois se dispersèrent, emportant un butin qui tintait et cliquetait dans leurs poches à chacun de leurs pas.

Le silence revint et Mouldered ferma les yeux de Jérémiah du bout de ses doigts tremblants. Il attrapa la feuille de papier dans la main de Jérémiah, y jeta un bref coup d'œil, la plia et se préparait à l'empocher quand Perigoe apparut.

— C'est à Joe, dit-elle. Elle provient d'un livre qu'il m'a acheté, sur les amphibiens.

— Ah, Perigoe, répondit-il en lui tendant le papier, peut-être pourriez-vous vous charger de la lui rendre ?

Elle acquiesça et s'éloigna rapidement, serrant sous son bras un unique livre, en cuir marron, à la couverture défraîchie.

« Un seul ? pensa Mouldered. En voilà au moins une qu fait preuve d'un peu de décence ! »

Chapitre trente-huit

Extrait des mémoires de Ludlow Fitch

Dès que la foule avait appris la mort de Ratchet, elle avait tourné les talons et s'était précipitée en bas de la colline. Joe était alors passé dans la boutique et avait éteint le feu à l'aide d'un vieux manteau provenant de l'étalage. Pour être juste, il y avait plus de fumée que de flammes et l'incendie fut facile à maîtriser. Malgré cela, les dégâts étaient considérables. Tout était carbonisé ou noirci par la fumée et une odeur âcre rendait l'air irrespirable. Il n'y avait pratiquement rien à sauver. Petit à petit, le vent glacial qui soufflait par la porte et la fenêtre éventrées purifia l'atmosphère. J'aidai Joe sans savoir exactement pourquoi. Il finit par venir à bout des dernières flammèches et s'arrêta soudain, épuisé par l'effort.

— Quelle horreur et surtout quel dommage ! murmura-t-il. Enfin, au moins, il nous reste cela.

Il se pencha et, des décombres, il sortit la jambe de bois,

miraculeusement intacte. Puis il repassa dans la pièce du fond. Quand je le rejoignis, il avait déjà enfilé son manteau et son écharpe. Il tentait de glisser le pilon dans sa sacoche.

Soudain, tout allait trop vite pour moi. Ma colère contre Joe était toujours intacte, je lui en voulais de ce meurtre dont j'étais certain qu'il était l'auteur. Mais j'avais peur également, peur qu'il s'en aille.

— Alors, ça y est ? Vous partez ?

— Je ne peux rien faire de plus ici, répondit-il. Je n'ai aucune raison de rester.

— Et la boutique ?

— La boutique, c'est fini. Nous en ouvrirons une autre ailleurs.

Il jeta son sac sur son épaule et sortit de la pièce du fond. Il marchait en évitant les objets épars sur le sol.

— Tu viens avec moi ?

Comment pouvait-il être aussi calme ? Mon cœur accéléra. J'hésitais.

— Je ne sais pas si je peux.

— Ah ?

À son ton, je compris qu'il n'avait jamais envisagé cette éventualité.

— Je pensais que tu avais compris que nous ne resterions pas ici définitivement. Peut-être aurais-je dû le préciser. C'est mon travail qui veut cela.

— Ce n'est pas ça, commençai-je. Je vous aurais suivi n'importe où, mais...

Je ne parvenais pas à le dire. Ma gorge se serrait à l'idée

de parler. Nous restâmes face à face, sans un mot, jusqu'à ce qu'une petite voix nous fît tourner la tête. C'était Perigoe.

— Monsieur Zabbidou... Monsieur Zabbidou..., répéta-t-elle.

Elle se tenait dans l'encadrement de la porte brisée. Elle parcourut la boutique d'un coup d'œil circulaire. Quand elle prit conscience des dégâts, elle parut consternée.

Je tenais à vous dire pardon. Chacun de nous veut vous dire pardon. Nous avons eu tort de vous traiter de la sorte. Nous aurions dû vous faire confiance. C'est la lettre qui nous a effrayés.

— Ah oui, la lettre.

Perigoe était au bord des larmes.

— C'est le plus âgé des enfants Sourdough qui l'a écrite. Il essayait de faire chanter son propre père. Il savait qu'il était venu vous voir et se disait qu'il pourrait lui soutirer un peu d'argent. Il se doutait que nous vous accuserions. Ruby a trouvé une autre lettre qu'il se préparait à envoyer au docteur Mouldered. Nous nous en voulons de notre réaction, monsieur Zabbidou. C'est vous qui aviez raison : nous aurions dû faire preuve d'un peu plus de patience. Vous y connaissez-vous en médecine ? Saviez-vous que Jérémiah avait le cœur fragile ?

C'était presque risible. Pour eux, Joe était redevenu un héros. Qu'est-ce qui m'ennuyait tant, alors ? Jérémiah s'était fait trop d'ennemis pour mourir tranquille dans son lit. Mais je ne supportais pas l'idée que Joe ait pu tremper dans cette misérable affaire. Et moi qui me sentais coupable d'avoir fouiné dans le Livre noir ! Quel péché dérisoire comparé à un assassinat.

— Son cœur ? répéta Joe. Oui, je soupçonnais un problème de ce côté.

Perigoe remarqua le sac que Joe portait sur l'épaule. Son œil cligna rapidement et elle rougit.

— Vous nous quittez ?

— C'est exact. Je pense que Pagus Parvus peut désormais s'en sortir sans moi.

Une larme pointa sous une paupière de la libraire. Elle l'essuya aussitôt et renifla.

— Alors, je suis heureuse d'être venue. Je voulais vous donner ceci.

Elle tendit un livre en cuir marron à Joe.

— Je ne risque plus rien maintenant que Jérémiah a disparu. Trop de mauvais souvenirs. Et puis, que m'importe les moutons ?

Joe hésitait.

— Vous réalisez la valeur de ce livre, n'est-ce pas ?

Perigoe hocha la tête.

— Je ne supporterais pas l'idée de gagner de l'argent dessus. Vous le méritez bien, après ce que vous nous avez donné.

— Si c'est vraiment ce que vous souhaitez, j'accepte.

Il le glissa sous son manteau. J'eus juste le temps d'apercevoir le titre : *La Solitude du berger des hautes montagnes*.

— Ah, il y a ceci aussi, ajouta-t-elle. J'allais oublier. Le docteur Mouldered l'a trouvé chez Jérémiah. Je me disais que vous y teniez peut-être.

Elle lui remit la feuille et lui embrassa la main. Puis elle murmura un mot d'adieu et sortit, les yeux humides.

Joe fourra la feuille volante dans sa poche.

— Tu comprends maintenant ce que je voulais dire à propos d'héritage ? lança Joe. Quand j'aurai vendu ce livre, l'argent nous permettra de vivre des mois entiers.

— Un héritage ? ironisai-je. Vous voulez dire que ce sont les morts qui vous rapportent de l'argent ?

Il sourit.

— En un sens, ce n'est pas faux.

— Ceux que vous avez tués ?

— Je n'ai jamais tué personne, Ludlow. Surtout pas pour de l'argent. Ce n'est pas dans ma nature.

— Bientôt vous m'expliquerez que c'est contre les règles.

Il soupira longuement et posa sa sacoche.

— Durant toutes ces semaines tu m'as été d'une aide précieuse, Ludlow, et je t'en suis infiniment reconnaissant. Tu t'es montré honnête et loyal et je sais que ça ne t'était pas facile. Mais il y a plus que ça. J'ai perçu quelque chose de différent en toi, quelque chose que je cherchais depuis des années. Quand je t'ai découvert la première nuit, dans la neige, tu m'as rappelé le jeune garçon que j'étais et j'ai compris que tu avais de l'avenir. C est pour cette raison que j'aimerais t'emmener avec moi. Je place beaucoup d'espoir dans ton talent. Je souhaite que nous continuions à travailler ensemble. Je te ferai découvrir le monde. Dis-moi, pourquoi refuserais-tu de m'accompagner ?

Pourquoi, en effet ? Bien sûr que j'avais envie de le suivre. Une immense envie. S'il m'avait posé cette question quelques jours plus tôt, et même quelques heures, je n'aurais pas eu la moindre hésitation. Mais maintenant, les choses étaient différentes. J'avais changé d'opinion sur sa personne. Je n'étais même plus sûr de qui j'étais.

— Tu es quelqu'un de prometteur, Ludlow. Tu n'imagines pas tout ce que je pourrais t'apprendre.

— Comme... devenir un meurtrier ?

Je l'avais dit. Enfin. Mon soulagement fut indescriptible. Mais ma peur aussi.

— Ah, voilà !

Son visage s'alluma.

— Je me demandais quand tu y arriverais. Tu crois vraiment que j'ai tué Jérémiah ?

J'acquiesçai de la tête.

— Pouvez-vous me prouver que vous ne l'avez pas fait ?

— Je...

Une voix qui nous hélait depuis la porte l'interrompit. C'était Horatio, à bout de souffle et couvert de sueur. Il s'avança à travers les débris.

— Il fallait que je vienne ! Il fallait que je vous dise, Joe, avant que vous ne partiez. J'ai fait quelque chose de terrible. Ce n'était pas son cœur. C'était moi. C'est moi qui l'ai tué.

Joe lui prit le bras et le fit asseoir.

— Comment cela, Horatio ? Que pensez-vous avoir fait ?

— J'ai tué Jérémiah Ratchet. J'ai empoisonné son pâté. J'ai demandé à Polly de le lui donner. Je sais, je vous avais juré que je ne referais plus jamais un tel plat, mais je devais faire quelque chose. Le docteur Mouldered nous avait dit que vous ne nous aideriez pas. Je n'avais plus d'autre solution.

— Écoutez-moi, Horatio, cessez de vous torturer. Ce qui est fait est fait. Le docteur Mouldered a conclu à une attaque cardiaque et il vous faut l'accepter. Ne dites rien de tout cela à personne, mais assurez-vous de jeter les restes de ce pâté, au cas où il viendrait l'envie à quelqu'un d'y goûter. Il y a beaucoup de gens qui ont faim, ici.

Horatio leva ses yeux rougis vers Joe.

— Vous êtes sûr, monsieur Zabbidou ?

— Certain. Et, par pitié, débarrassez-vous de ce pâté avant de tuer un innocent.

— Je ne sais pas comment vous remercier, monsieur Zabbidou. Je ne mérite pas votre aide.

— Le pâté, Horatio, répéta Joe. Allez jeter les restes de ce pâté.

Horatio sortit en courant. Joe posa les mains sur mes épaules et me regarda droit dans les yeux.

— Alors, me fais-tu confiance, Ludlow ?

J'étais sans voix. J'étais tellement sûr de mon fait. J'avais peine à soutenir son regard.

— D-d-donc vous n'avez rien fait ? Pourrez-vous me pardonner un jour ?

Une crainte terrible m'envahit soudain.

— Vous souhaitez encore que je vous accompagne ?

Il éclata de rire.

— Ludlow, mon cher compagnon, bien sûr que je le souhaite. Comment peux-tu imaginer le contraire ? Suis-moi, et si tu n'aimes pas ce que tu découvres, si tu ne supportes pas de vivre avec ce que tu entends, je te promets de te laisser partir et nos chemins ne se croiseront plus jamais.

Je pouvais difficilement retenir mon émotion. Je souris tellement que la peau de mes joues me fit mal. Je ne perdis pas un instant. Je récupérai ma bourse cachée dans la cheminée et enroulai mon manteau autour de moi. Il me restait néanmoins une chose à avouer.

— Je n'ai pas toujours été honnête avec vous, commençai-je.

Joe m'interrompit.

— Ça pourra attendre. Maintenant, nous devons partir.

Nous franchîmes la porte, n'emportant rien de plus que ce que nous avions à notre arrivée. En quittant le village, je me retournai. La rue était vide. Une seule lumière brillait, à la fenêtre de Jérémiah. Tous les villageois dormaient, désormais.

Nous partîmes comme nous étions venus, sans être vus.

Chapitre trente-neuf

Extrait des mémoires de Ludlow Fitch

Nous marchâmes durant deux jours et deux nuits. Le terrain était escarpé et il ne cessa de neiger, ce qui rendait toute conversation impossible. Franchir les congères et lutter contre le vent requéraient des efforts et une concentration de tous les instants. Nous ne dûmes notre survie qu'au fait d'être ensemble. Si nous nous étions écartés l'un de l'autre ne fût-ce qu'une minute, nous nous serions à coup sûr perdus pour toujours. Pour ma part, j'ignorais si nous nous dirigions vers le nord ou le sud, vers l'est ou l'ouest. Pour nous guider, il n'y avait ni soleil le jour, ni lune la nuit.

Cette marche me donna le temps de réfléchir, de revenir sur les récents événements. Bien sûr, j'éprouvais de la joie que Joe ne soit pas un meurtrier (je ressentais aussi de la honte de l'avoir accusé). Néanmoins, je restais persuadé que si Joe n'était pas venu à Pagus Parvus, Jérémiah serait sûrement encore en vie à ce moment. Il y avait aussi cette affaire d'« héritage », comme il aimait à l'appeler. Joe m'avait assuré – et je le croyais – qu'il n'avait jamais tué pour de l'argent. Il n'en demeurait pas moins que l'argent et la mort semblaient faire bon ménage quand il était dans les parages.

D'autres questions restaient sans réponse et c'est en partie pour les obtenir que j'avais entrepris ce voyage. Mais quand la température chuta encore et que la neige s'épaissit, je finis par me demander si j'avais été bien avisé. D'un autre côté, rien ne me retenait à Pagus Parvus. Alors, coûte que coûte, je continuai à avancer et à faire preuve d'enthousiasme. À la fin du voyage, j'étais si exténué que lever les pieds me devint impossible. Joe dut me porter sur son dos, coincé sous son manteau, durant quelques kilomètres. J'entends encore le hurlement du vent à mes oreilles. Malgré la tempête, le rythme tranquille de ses pas, à peine contrarié par sa claudication, finit par me plonger dans un délicieux assoupissement.

Quand je m'éveillai, j'étais allongé sur le sol, enveloppé dans mon propre manteau, et je reposais sur un lit de brindilles et de feuilles. Il n'y avait plus ni neige, ni vent. L'air était doux. Je restai sans bouger quelques minutes, cherchant à prolonger cette sensation de chaleur et de confort. Le plafond était rocheux. Je sortis la main de sous mon manteau et constatai que le sol était sablonneux. Je m'assis alors et regardai autour de moi. J'étais dans une grotte assez basse. De grandes torchères, accrochées au mur, distillaient une lueur orangée. La dernière fois que j'avais vu de telles flammes, la nuit de la mort de Jérémiah, leur lumière m'avait semblé nettement moins bienfaisante. Dehors, mais très loin, j'entendis le vent souffler. À mes pieds brûlait un feu au-dessus duquel une marmite pendait, noircie par le feu Une odeur familière me chatouilla les narines.

Joe était assis de l'autre côté du foyer, jambes croisées. Il me tendit un bol.

— Un peu de soupe ?

*

Nous mangeâmes puis je sentis que Joe souhaitait me parler. Il semblait disposé à répondre à mes questions. Il avait l'air détendu, comme si l'endroit lui inspirait confiance.

— Voici venu l'instant de vérité, Ludlow. Si nous continuons à voyager ensemble, tu dois me faire confiance. Alors, c'est le moment ou jamais de m'interroger, quelles que soient tes questions.

Par où commencer ? La nervosité me fit frissonner. Mais j'avais une idée précise de ce que je voulais lui demander. Il y avait si longtemps que j'attendais ce moment.

— Parlez-moi des règles.

Joe hocha la tête et commença.

— Il n'en existe que deux, aussi simples l'une que l'autre. Et c est cette simplicité qui les rend si difficiles à suivre. Tu connais déjà la première.

— Ne pas changer le cours des choses ?

— Exactement. Ce qui ne veut pas dire que je n'ai pas d'influence. Le simple fait d'arriver dans un endroit modifie la donne et a des répercussions sur l'avenir. Cependant, où que j'aille, chaque personne doit rester la seule à décider de ses actions. Des deux règles, je pense que c'est la plus délicate à respecter. J'ai assisté à des événements terrifiants, Ludlow, et il n'est pas simple de rester à l'écart. Pratiquement chaque jour, à Pagus Parvus, j'ai été tenté d'ignorer cette règle. Les villageois avaient tant besoin de moi. Mais je me devais de rester sourd à leurs appels. Je ne sais pas ce qu'ils attendaient de moi précisément. Peut-être souhaitaient-ils que je tue Jérémiah (à cet instant, il sourit de façon désabusée), mais il me fallait continuer à adopter une attitude normale et simplement espérer leur patience. Me comporter de façon différente aurait abouti à un désastre. *Dura lex sed lex*. La loi est sévère mais c'est la loi.

— Et la deuxième règle ?

— Tu l'as expérimentée, elle aussi. Chacun, quel qu'il soit, a le droit de se racheter. De demander pardon et de réclamer l'indulgence. Y compris des personnes telles que Jérémiah Ratchet. Tu te souviens que je lui ai offert cette opportunité quand il est venu pour me voler le livre.

Le souvenir de Jérémiah implorant l'aide de Joe me fit frémir.

— Bien entendu, j'étais conscient qu'il essayait de me tromper, mais, malgré cela, j'étais tenu de lui donner une chance. Tu as alors craint que je n'utilise contre lui le secret qu'il disait vouloir me confier et, à cet instant, voir ta confiance en moi vaciller m'a brisé le cœur. D'un autre côté, j'étais heureux de te sentir si concerné par le sort des villageois. J'ai compris que je ne m'étais pas trompé sur ton compte. J'ai apprécié cette loyauté à leur égard. Nous agissons pour le bien des gens, Ludlow. N'oublie jamais ça.

Il fit une légère pause avant de poursuivre.

— Je ne nierai pas que mon arrivée à Pagus Parvus a scellé le destin de Jérémiah, mais c'est bien lui qui s'est détruit, tout seul et avant même que je n'intervienne. Par son égoïsme, son avarice et sa nature cruelle. Il y a des règles, Ludlow, et je dois m'y tenir.

Il me considéra, l'air d'attendre une nouvelle question. J'étais prêt.

— L'argent que vous dépensiez à Pagus Parvus, d'où venait-il ?

— D'une personne décédée, comme tu l'as pressenti. Et avant que tu ne m'accuses des pires méfaits, laisse-moi t'assurer que cet héritage était en tous points légitime. Avant de me rendre à Pagus Parvus, j'étais dans une petite ville, près de la frontière. Les affaires marchaient bien.

Il s'interrompit pour me jeter un curieux regard.

— En fait, tu trouveras quelques-uns des secrets de ses habitants au début du livre. Il y en a un, très intéressant, qui concerne un fabricant de cercueils...

Mon sang ne fit qu'un tour. Je me sentis rougir, de la tête aux pieds.

— Vous saviez ?

— Bien sûr que je savais, sourit Joe. C'était écrit sur ton visage quand je suis rentré.

— Vous n'étiez pas furieux ?

— Sur le moment, sans doute. Plus contre toi que contre Polly, d'ailleurs. Mais au moins, tu as commencé par le début.

— Nous n'avons pas dépassé cette histoire, promis-je. On se sentait terriblement coupables après ça.

— Tu m'en vois ravi, rit Joe. Et tu avais raison d'éprouver

ce sentiment. Ç'aurait été assez facile pour moi de te faire avouer. Cependant je me suis dit que cela te ferait du bien de porter ce petit fardeau. C'est pour ça que je t'ai proposé de garder le livre sous ton coussin. Chaque nuit, tu étais puni, ainsi. *Quae nocent docent.*

C'étaient les mots en latin sur lesquels s'achevait la confession du fabricant de cercueils.

— Ce qui veut dire : « On apprend de ce qui nous fait mal. »

Je me sentis encore plus honteux. Mais je voulais aller jusqu'au bout.

— Et alors, qu'est-ce qui s'est passé dans cette petite ville ?

— Après quelques semaines, j'ai découvert que le médecin local empoisonnait ses patients afin de s'approprier leur argent et leurs biens. Quand il est mort, les villageois m'ont généreusement récompensé. Ils m'ont offert une part de ce qu'il avait volé. Ensuite, je suis parti.

— Comment est-il mort ?

— Pas de ma main, je te le jure.

— Alors, comment ? D'un pâté empoisonné ?

Joe rit.

— Non, c'était un accident, promis. Mais ne nous éternisons pas là-dessus. Un sujet bien plus important nous attend. Suis-moi.

Il ramassa sa sacoche et se dirigea vers le fond de la grotte. Je remarquai alors la naissance d'un tunnel. Son étroitesse et l'absence de lumière me firent hésiter. Mais Joe s'y engagea. J'attrapai une des torches sur le mur et me précipitai à sa suite.

Chapitre quarante

Extrait des mémoires de Ludlow Fitch

Le tunnel devint de plus en plus étroit. Joe était obligé de se pencher et nous ne pouvions marcher de front. Un peu plus bas, l'air devint lourd, comme s'il n'avait pas été brassé depuis des années. Nos torches faiblirent et se réduisirent bientôt à deux petits points lumineux. Je vis avec angoisse le moment où elles allaient s'éteindre. J'entendis des battements d'ailes autour de moi, sans doute des chauves-souris. Je ne pouvais pas les voir, je sentais juste quelque chose me frôler les joues et les cheveux.

— N'aie pas peur, Ludlow, me lança Joe en se retournant, tu ne risques rien.

Nous descendîmes encore. La pente était légère au début, plus raide ensuite, et je dus m'accrocher à la paroi pour ne pas tomber. La pression de l'air augmentait et me faisait mal aux oreilles. Au moment où je croyais ne plus pouvoir résister, la descente prit fin et le tunnel s'élargit. Le plafond remonta lui aussi et nous pûmes de nouveau nous tenir debout. Une lumière jaune provenait du fond et, devant moi, sous une voûte, la mince silhouette de Joe se découpait à contre-jour. Quand j'arrivai à son niveau, il me plaqua une main sur les yeux et me guida pour les derniers mètres. À la fraîcheur de l'air, je compris que nous étions sortis de la grotte. Un grondement sourd, entrecoupé de gémissements très aigus, allait et venait, par intermittence. Dans mes oreilles, j'entendis mes propres battements de cœur.

— Laissez-moi regarder, suppliai-je. Laissez-moi voir.

Quand il ôta sa main, j'eus l'impression de me retrouver dans un rêve. J'avais quitté la réalité pour entrer dans un monde qui n'existait que dans l'imaginaire. En effet, comment ceci aurait-il pu être vrai ? Semblables à deux minuscules insectes, nous étions debout au milieu d'une pièce gigantesque dont le plafond voûté était au moins à trente mètres au-dessus de nous. D'énormes piliers, plus gros que des troncs d'arbres séculaires, s'élançaient vers le ciel et grimpaient jusqu'à un toit de cuivre. Une huile brûlait dans de grandes vasques posées sur des socles de marbre blanc, rehaussé d'argent. Les murs, très sombres, n'étaient pas faits de pierre mais d'un matériau dont j'ignorais la nature. Le sol, à n'en point douter l'œuvre d'un artisan de génie, était une mosaïque de minuscules morceaux de pierres de couleur, assemblés et scellés.

J'admirai l'endroit encore et encore, la bouche sans doute grande ouverte, comme si mes yeux voyaient pour la première fois. La salle était si vaste qu'il était impossible de l'embrasser d'un seul regard. Les piliers, à première vue lisses, étaient en fait finement ouvragés. Une vigne de pierre serpentait sur les colonnes et, entre les feuilles gravées, apparaissaient des paires d'yeux, si réalistes qu'on s'attendait à les voir cligner. Le sol, quand je l'examinai de près, était en fait constitué d'une multitude de scènes d'une rare beauté. Des anges voisinaient avec des monstres, des fées, des personnages de contes, des serpents de mer et des dragons. Certains étaient effrayants, d'autres rassurants, tous étaient spectaculaires et magnifiques.

J'étais toujours debout, à l'entrée de la salle immense et grandiose. Devant moi une mosaïque représentait trois femmes. Une était assise devant un métier à filer, la deuxième mesurait le fil, la troisième tenait une paire de ciseaux. Leur visage exprimait la colère, comme si elles se disputaient. Je les trouvai vraiment laides.

— Qui sont ces sorcières ? demandai-je.

Mes paroles résonnèrent entre les murs.

— Les sœurs de la Destinée, répondit Joe. La première tisse le fil de la vie, la deuxième le mesure, la dernière le coupe. Elles se chamaillent sans arrêt pour savoir laquelle des trois est la plus importante.

— Celle avec les ciseaux ?

— C'est vrai que certains la considèrent comme la plus dangereuse. Mais la réponse n'est pas si simple, car aucune n'existerait sans les deux autres.

— Les sœurs de la Destinée, murmurai-je. Que font-elles ici ?

Je m'avançai un peu dans la salle et réalisai soudain que les murs noirs n'étaient pas des murs mais des dos de livres, serrés les uns contre les autres sur des étagères qui grimpaient jusqu'au plafond.

— Prends-en un, me dit Joe.

Je m'approchai. Il ne me fut pas facile d'en dégager un, tant ils étaient étroitement serrés. Mais dès que je l'eus en main, je sus ce que c'était. La couverture portait les lettres dorées que je connaissais déjà. J'en eus le souffle coupé.

— Oh, mon Dieu ! C'est un livre de secrets ?

Joe acquiesça. Je l'ouvris avec précaution. Il semblait très ancien, ses feuilles tombaient presque en poussière. J'essayai de lire mais les mots m'étaient inconnus. Je le refermai et m'écartai des étagères. Était-il possible que ?...

— Ce sont tous des livres de secrets ?

— Oui, tous. Ils viennent des quatre coins du monde.

Il y en avait des milliers. Et chacun d'eux contenait au moins cinquante ou cent secrets, voire plus. Qu'est-ce que cela voulait dire ? Je restai sans voix durant un moment.

— Qui les a réunis ici ?

— Moi, répondit Joe. Moi et beaucoup d'autres, bien sûr. Tu as des siècles de confessions devant toi, Ludlow. Une vie de travail pour moi et pour tous les gardiens de secrets qui m'ont précédé.

— Alors, cela veut dire que vous n'êtes pas le seul ?

— J'espère que tu n'es pas trop déçu, sourit Joe. Beaucoup m'ont précédé et beaucoup prendront ma suite. C'est à moi que cet honneur revient aujourd'hui. Mais cela prendra fin un jour. Quoi que tu penses de moi, je ne suis qu'un modeste humain. Et je retournerai à la poussière, moi aussi.

Je me sentais nerveux. Et c'est la voix tremblante que je lui demandai :

— C'est là que vous êtes venu, n'est-ce pas, quand vous vous êtes absenté de Pagus Parvus ?

— Oui, j'y étais obligé. J'ai, avec quelques-uns, la charge de cet endroit. C'est ma demeure, en quelque sorte.

— Pourquoi m'y avez-vous amené ?

— Parce que ce pourrait également devenir ta demeure. Bientôt, il te faudra faire un choix et, si tu fais celui que je crois, tu devras connaître tout cela. Viens avec moi, je voudrais te présenter quelqu'un.

Je le suivis, regardant autour de moi, à gauche et à droite, en haut et en bas, pour tout garder en mémoire. Nous circulâmes entre les piliers et atteignîmes l'extrémité de la salle. Nous arrivâmes près d'un grand bureau en bois sombre, aux pieds sculptés. Il était couvert de hautes piles de livres. J'entendis le bruit d'une chaise que l'on recule. Un homme, caché quand il était assis, se leva et se dirigea vers nous, bras tendus. Il portait un long manteau de velours dont les couleurs changeaient à chacun de ses pas. Son visage était dissimulé par un capuchon. Il le souleva et soudain je découvris deux yeux que je n'aurais jamais cru revoir. J'étais interloqué.

— Monsieur Jellico !

Il me serra si fort contre lui qu'il faillit me briser les os.

Quand il s'écarta enfin, il me posa la main sur l'épaule puis sur la tête et ébouriffa mes cheveux.

— Je suis heureux de te revoir, Ludlow.

Une larme pointait sous sa paupière.

— Je ne savais plus quoi penser, continua-t-il. Je me suis absenté quelques jours et, quand je suis revenu, tu semblais t'être volatilisé. J'ai imaginé le pire bien sûr, que tes parents t'avaient battu ou blessé, mais, grâce au ciel, je me trompais. Je ne me serais jamais pardonné s'il t'était arrivé quelque chose de fâcheux. Tu ne peux pas savoir combien je suis soulagé de te retrouver en bonne santé. Je le dois sans doute en grande partie, je suppose, à mon cher ami monsieur Zabbidou.

— Vous vous connaissiez donc ! m'exclamai-je. Joe, pourquoi ne m'avez-vous rien dit ? Moi, je pensais qu'il n'y avait qu'un seul gardien de secrets.

— Je ne suis pas un gardien de secrets, rit monsieur Jellico. Mon rôle n'est pas aussi exaltant. Non, moi, je veille sur cet endroit. Ici, on m'appelle *Custos*, le gardien, et ceci est mon domaine, *Atrium Arcanorum*, la salle des secrets.

— Et votre boutique, à la City ?

D'un air songeur, il se gratta le menton, rasé de près. Je remarquai que ses ongles étaient d'une propreté irréprochable. Sa peau elle-même semblait plus souple, plus reposée.

— Humm, sourit-il. Je n'ai malheureusement pas le don d'ubiquité. Je dois t'avouer que je ne pourrai plus t'accueillir là-bas. Comme tu vois, j'ai d'autres obligations désormais.

Pendant que je me remettais de ces révélations, Joe et monsieur Jellico s'éloignèrent, plongés dans une grande conversation. Je demeurai près du bureau, un peu étourdi. J'essayais de comprendre. Un millier de « si » me traversaient l'esprit : et si je n'étais jamais allé à Pagus Parvus ?

Et si j'étais monté dans une autre carriole que celle de Jérémiah Ratchet ? Et si M'man et P'pa...

Je me forçai à arrêter. J'aurais pu continuer sans fin.

Il m'était arrivé ce qui devait m'arriver. C'est moi qui avais décidé. Ce n'était pas de la chance. C'était inscrit en moi.

*

Plus loin dans la salle, monsieur Jellico prit le Livre des secrets – celui où j'avais consigné les confessions de Pagus Parvus – que lui tendait Joe. Il le rangea sur une étagère. Je le perdis une seconde du regard et il me fut impossible de le retrouver quand je levai de nouveau la tête. Joe me fit signe de m'approcher.

— Alors, qu'en penses-tu ?

— Que c'est l'endroit le plus incroyable que j'aie jamais vu. Ça me fait presque... peur.

— C'est ce que je me suis dit la première fois que je suis venu, dit Monsieur Jellico avec un brin de nostalgie. Mais c'était il y a très longtemps.

— Lembart effectue un travail magnifique ici, commenta Joe. Il tient tout en ordre.

— Je fais de mon mieux !

Puis monsieur Jellico s'éloigna, nous laissant seuls. Alors Joe se tourna vers moi, très solennel.

— J'ai quelque chose à te donner, Ludlow, si tu acceptes.

Il plongea la main sous son manteau et en ressortit un livre noir, couvert en cuir et avec un ruban rouge pour marquer les pages. Sur la couverture, dans le coin droit, je découvris deux lettres :

LF

— Un Livre noir ? À mon nom ?

J'étais bouleversé.

— Ce n'est pas une vie facile, me dit Joe. Tu le sais. Mais tu sais aussi qu'elle est gratifiante. Si tu ne veux pas poursuivre, c'est le moment de dire non.

J'étais bouche bée, incapable de prononcer un mot. J'avais besoin de comprendre.

— Tu ne commenceras pas tout de suite, bien sûr, précisa-t-il, mais plus tard. Et en attendant, je serai là pour te conseiller.

— Voulez-vous dire que vous me demandez de devenir un des gardiens des secrets ? parvins-je enfin à articuler.

— Pas « un ». « Le » gardien des secrets. Ai-je fait le bon choix, Ludlow ? T'en sens-tu capable ?

J'avais du mal à respirer. Ma langue semblait collée à mon palais. C'était le moment le plus important de mon existence et mon corps me laissait tomber. Je rassemblai toute mon énergie, inspirai profondément et tentai de ramener le calme dans ma tête.

— Comment en serais-je capable ? bredouillai-je. Je ne suis pas prêt. Qu'est-ce que je connais à tout ça ?

— Assez, sourit Joe. Quant au fait d'être prêt, il n'est pas facile de savoir ce que les trois sœurs ont prévu pour nous. Mais quand le temps sera venu, tu le sauras.

Les trois sœurs, songeai-je. Doucement, je commençai à comprendre pourquoi ces femmes étaient représentées ici.

Cette pièce ne contenait pas seulement nos secrets mais notre destin. Et Joe, ce grand homme aux cheveux argentés, en était l'instrument. La clé de mon avenir. Sa voix interrompit mes pensées.

— Aussi longtemps que tu t'en croiras capable, il n'y a aucune raison pour que cela ne soit pas vrai.

— Je m'en crois capable, dis-je enfin.

Joe me posa la main sur l'épaule.

— C'est ce que j'attendais de toi. Maintenant, je dois te demander une dernière chose.

Nous nous avançâmes vers le bureau et je sentis qu'une invisible connexion venait de s'établir entre nous. Quelque chose qui n'existait pas à la minute précédente. J'avais confiance en moi, je me tenais droit et j'avais la tête haute. Il s'assit sur une chaise et me fit asseoir sur une autre. Il ouvrit sa sacoche, en sortit la bouteille de brandy et les deux verres. Il versa une quantité égale dans chacun et m'en tendit un.

— Bois, m'ordonna-t-il.

Je ne pus m'empêcher de rire.

— Quand je pense que je l'ai cru empoisonné, confessai-je.

Mon commentaire le fit sourire. Il me regarda boire. Le liquide me brûla le gosier et me fit tousser. Puis il plongea de nouveau la main dans sa sacoche et en retira la plume et l'encrier. Par automatisme, je tendis le bras, mais il m'arrêta.

— Non. C'est moi qui écrirai, dit-il.

Je ne comprenais pas.

— Qui va nous livrer un secret ici ?

Extrait des mémoires de Ludlow Fitch

Tenant toujours mon livre, il l'ouvrit à la première page.

— Toi, Ludlow. La première confession de ton premier livre sera la tienne.

Il me fixa de son regard pénétrant et, au plus profond de mon cerveau, j'entendis une sorte de chant, très doux, comme un murmure céleste. Je décidai alors de tout avouer.

Chapitre quarante et un

Le Livre noir des secrets
La confession de Ludlow

Je m'appelle Ludlow Fitch et j'ai honte de la confession que je vais vous faire. J'ai porté ce secret en moi jusqu'à Pagus Parvus et jusqu'ici, dans cette immense bibliothèque des secrets. J'ai peur de ce que vous allez penser de moi désormais, mais je tiens à me livrer à vous car je ne peux supporter plus longtemps ce silence.

Vous savez d'où je viens, vous connaissez la vie que j'ai laissée derrière moi à la City. Je ne suis pas fier de mon passé, mais je ne le renie pas. J'ai fait ce que j'ai pu pour survivre.

M'man et P'pa sont tombés sous l'emprise de la boisson et j'ai vite compris que le gin était un compagnon redoutable. Il ne vous lâche pas facilement. Cependant, je n'aurais jamais cru que ie ne deviendrais qu'un simple pion entre leurs mains. Imaginez ma surprise quand je suis rentré un soir et que je les ai trouvés allongés à m'attendre : dès que j'ai posé un pied dans le grenier que nous appelions notre maison, M'man s'est faufilée derrière moi. Elle tenait un pied de chaise dont elle m'a assené un grand coup sur le crâne. Je me suis écroulé sur le sol, presque inanimé. Ils m'ont alors tiré dans les escaliers, laissant ma tête rebondir sur chaque marche. Quand P'pa m'a jeté sur son épaule, mon crâne a cogné encore plus fort. Je ne sais combien de temps nous avons marché. J'avais perdu tout sens des directions, je ne distinguais plus rien et étais même incapable de lire le nom des rues. Ma vision était devenue trouble. J'ai seulement compris que nous étions près du fleuve. Sa puanteur parvenait jusqu'à mes narines et c'est sans doute à elle que je dois d'avoir gardé connaissance si longtemps. Mais ma douleur à la tête a fini par l'emporter et j'ai perdu conscience. Quand je me suis réveillé, j'étais dans le sous-sol de Barton Gumbroot.

Ce qu'ils avaient l'intention de me faire subir me glace encore le sang. Quand j'ai réussi à m'enfuir, j'ai réalisé que ma vie ne serait jamais plus la même. Ils m'ont poursuivi jusqu'au fleuve. Au moment où j'ai aperçu le pont, j'ai pensé que si je parvenais à l'atteindre, je pourrais peut-être trouver de l'aide dans une des tavernes. Mais j'ai été obligé de ralentir. J'y voyais mal et j'étais exténué. Et ce que je redoutais de pire est arrivé. P'pa m'a rattrapé.

Il m'a saisi par l'épaule et m'a fait pivoter. Nous sommes tombés dans la neige fondue et sale. Il m'a sauté dessus et a serré les mains autour de mon cou. Il avait une force surhumaine. L'envie d'argent et de gin le galvanisait. Mais mon envie de vivre était encore plus forte. J'ai levé les bras, ai écarté les siens, et lui ai donné un grand coup de genou dans le bas-ventre. Il est tombé sur le côté et la situation s'est inversée. Je me suis assis sur sa poitrine e. lui ai bloqué les mains derrière la tête.

Je l'ai regardé dans les yeux et la cruauté que j'y ai lue ne m'a pas incité à m'arrêter. J'ai refermé les mains sur son cou décharné et j'ai serré. Son visage a bleui. Ses yeux ont commencé à gonfler. Il ne pouvait plus parler, mais, dans son regard, j'ai senti qu'il me suppliait et je n'ai pu me résoudre à ignorer cet appel. Cet être infâme était quand même mon père. Tout en hurlant de dépit, j'ai relâché mon étreinte. Il s'est alors remis à respirer par saccades.

— Pourquoi as-tu fait ça ? l'ai-je interrogé.

— Je te demande pardon, fils.

Il semblait vraiment éprouver du remords et l'idiot que j'étais s'est laissé berner. Il paraissait si sincère. M'man et Barton arrivaient, je les entendais. Je ne me suis retourné qu'une seconde, mais P'pa en a profité. Je n'ai rien vu venir. L'instant d'après, il était de nouveau debout, les bras autour de moi. Je lui ai donné un coup de coude et l'ai violemment poussé en arrière. C'est alors qu'il a perdu l'équilibre, a roulé sur la rive, très pentue à cet endroit, et est tombé dans le fleuve.

Je l'ai vu atterrir sur le dos dans l'eau noire du Foedus. Il a hurlé « Non, nooooon ». Il s'est enfoncé presque aussitôt. Je distinguais encore son visage blanc, sa bouche ouverte qui recherchait l'air juste sous la surface. Puis il a disparu. Incrédule, j'ai appelé « P'pa ». J'étais paralysé, comme sous le choc. Puis j'ai repris mes esprits, je suis remonté sur le pont, où j'ai aperçu la calèche de Jérémiah qui démarrait. Dans un suprême effort, j'ai grimpé à l'arrière. Nous avons pris de la vitesse, mais j'ai pu voir M'man qui pleurait et hurlait. Barton était là, lui aussi. Il jurait en me montrant le poing.

J'ai tué mon propre père, Joe. Quoi qu'il ait fait, il ne méritait pas une fin pareille. J'aurais pu le sauver. J'aurais pu descendre et le tirer de là. Je suis impardonnable. Depuis, j'en rêve toutes les nuits. Je vois ce visage, sous la surface de l'eau, qui me regarde.

*

Joe posa sa plume, plaça un morceau de buvard entre les pages et referma le livre. Des larmes coulaient sur les joues d Ludlow.

— Je ne suis qu'un vulgaire assassin, sanglota-t-il, comment pouvez-vous vouloir de moi à vos côtés ?

— Ludlow, répondit doucement Joe, tu n'as jamais eu l'intention de tuer ton père. Si cela avait été le cas, tu l'aurais étranglé quand tu en avais l'occasion. Au lieu de ça, tu as eu pitié de lui. Et tu ne peux même pas être sûr qu'il soit mort.

— Je l'ai poussé dans le Foedus. Personne ne ressort vivant de ce fleuve empoisonné.

— Ta mère et Barton l'en ont peut-être sorti. À moins que tu n'y retournes, tu ne pourras jamais savoir. Quant à ce que je t'ai proposé – de venir avec moi ! – je n'ignorais rien de ce que tu avais fait. Je le sais depuis le départ.

— Vous saviez ?

— Tu n'as pas dormi une seule nuit entière depuis ton arrivée à Pagus Parvus. Je t'ai entendu te lever, je t'ai vu errer dans la boutique. Et tu parlais dans tes rêves. J'ai vite compris ce qui s'était passé. Crois-moi, ton histoire est loin d'être la pire de celles qu'on trouve dans les Livres de Secrets. Il faut oublier ça, maintenant. Tu dois te concentrer sur l'avenir et ne plus revenir sur le passé.

Le Livre noir des secrets

Ludlow resta assis un petit moment puis il leva les yeux vers Joe.

— Avez-vous un secret, Joe ?

— Oui, sourit Joe. Il est consigné dans le premier de mes Livres Noirs.

— Et où est ce Livre noir ?

— Humm. Pour ça, il faudrait demander à monsieur Jellico. Mais c'est tellement ancien... Je crains fort qu'il ne se souvienne même plus de l'étagère où il se trouve !

Chapitre quarante-deux

Extrait des mémoires de Ludlow Fitch

Quand nous émergeâmes, à bout de souffle, dans la grotte, Saluki coassait dans son bocal. Joe l'attrapa et la caressa.

— Veux-tu la prendre ?

— J'aimerais bien. Mais sera-t-elle d'accord ?

— On va bien voir.

J'ouvris la main et Joe posa la grenouille sur ma paume. Elle était légère comme une plume. Je n'avais jamais remarqué à quel point elle était aussi fragile. Son dos était tacheté de rouge et de jaune. Ses longues pattes, d'un vert tendre mais presque phosphorescent, ressemblaient aux jeunes pousses qu'on observe au printemps. Son ventre était blanc et parsemé de taches bleu pâle.

— Elle t'a adopté, constata Joe.

Je ris. Je n'aurais jamais imaginé tenir une créature aussi fantastique entre les mains. Il la reprit et la dissimula dans un petit sac dont il noua le cordon. À ce moment, une feuille de papier, celle que lui avait donnée Perigoe, glissa de sous son manteau et tomba sur le sol.

— Qu'est-ce que c'est ? demandai-je.

Une lueur étrange brilla dans ses yeux.

— Lis, me dit-il.

Je plaçai la feuille dans la lumière et je lus. Moi qui pensais en avoir fini avec les surprises, je compris que j'avais eu tort ! Ce que je découvris me donnait enfin la réponse à la question ultime.

— Décidément, vous êtes diabolique, dis-je. Ainsi c'était bien vous. Ce n'était pas du tout le pâté d'Horatio.

Joe me regarda, légèrement irrité.

— C'était moi ? Es-tu sûr de ça, Ludlow ?

Je compris ce qu'il voulait dire.

— Non, vous avez raison, corrigeai-je. Ce n'était pas vous. Comme vous dites, Jérémiah avait le choix.

Et soudain, je réalisai quelque chose d'autre, quelque chose de bien plus terrible.

— Oh, mon Dieu ! murmurai-je. Mon Dieu !

— Qu'y a-t-il, Ludlow ?

— Comment saviez-vous que Saluki m'adopterait ?

Joe haussa simplement les épaules.

— *Fortuna favet fortibus*. « La chance sourit aux braves ! »

Mes mains tremblaient. Je lui rendis la feuille de papier.

— Ne tentez plus la chance, s'il vous plaît. Du moins pas avec moi.

— Oh, Ludlow, répondit Joe avec un large sourire. Tu me déçois déjà ! La vie sans risques, est-ce vraiment la vie ?

Chapitre quarante-trois

Légende de la page arrachée à l'ouvrage « Amphibiens de l'hémisphère Sud »

(Remise à Joe
par Perigoe et confiée à Ludlow dans la grotte)

Phyllobates tricolor

Cette grenouille arboricole et vivement colorée appartient à la famille des grenouilles à flèche venimeuse (*Dendrobatidae*). Elle vit dans la forêt tropicale d'Amérique du Sud. Sous l'action de la peur, lors de l'attaque d'un prédateur par exemple, l'animal sécrète un poison très violent au travers de pores spécifiques situés sur son dos. Ce poison, qui provoque une sévère inflammation de la peau, s'infiltre dans le sang et entraîne rapidement une paralysie des muscles respiratoires. Cet empoisonnement est toujours fatal. Les Indiens de la région utilisent ce poison pour enduire la pointe de leurs flèches, d'où le nom de grenouille à flèche venimeuse. Il n'existe aucun remède connu.

Si vous apercevez l'un de ces spécimens, il est vivement recommandé de ne pas le toucher, à moins qu'il ne soit habitué à vous.

Chapitre quarante-quatre

Extrait des mémoires de Ludlow Fitch

De l'extérieur, la grotte était pratiquement invisible. Nous n'étions qu'à quelques mètres de l'entrée et il était déjà impossible de savoir d'où nous étions sortis. La blancheur de la neige m'éblouit et je dus fermer les yeux.

— Et maintenant, où allons-nous ? demandai-je à Joe.

— Nous devrions nous rendre à la City, répondit-il. À mon avis, beaucoup de monde pourrait y bénéficier de nos services.

— Il le faut vraiment ?

L'idée de retourner dans cet endroit me terrifiait.

— C'est nous qui décidons de notre destinée, Ludlow. Nous allons où nous souhaitons.

— Alors, gardons la City pour plus tard.

— Comme tu veux. Mais sache que tu ne pourras pas toujours l'éviter.

Extrait des mémoires de Ludlow Fitch

Joe fit demi-tour et nous partîmes dans la direction opposée.

— Attendez, il y a encore une question que je voudrais vous poser.

— Je t'écoute.

— En quoi la jambe de bois est-elle si importante ?

— Ce sera pour un autre jour, Ludlow.

— Ça a quelque chose à voir avec le fait que vous boitez ?

— Ça fait deux questions.

— S'il vous plaît !

J'avais pris un ton suppliant. Sans grand résultat. Joe esquissa un sourire et me fit un clin d'œil.

— Chaque homme a bien le droit de conserver un petit secret, Ludlow. Tu n'es pas d'accord avec moi ?

Chapitre quarante-cinq

Épilogue

Horatio Cleaver ne révéla jamais à personne qu'il avait empoisonné son pâté. En fait, quand il retourna chez Jérémiah pour faire disparaître cette pièce à conviction, il constata qu'il était intact. Il ne manquait qu'un petit morceau de croûte et celui-ci avait été recraché à côté de l'assiette. Il en conclut que le diagnostic du docteur Mouldered était le bon.

Jérémiah fut enterré au cimetière de Pagus Parvus, dans une tombe de trois mètres de profondeur. Obadiah la creusa avec un enthousiasme qu'il eut bien du mal à contenir. On pourrait penser que personne n'assista à ses funérailles. C'est pourtant le contraire qui se produisit. On aurait dit que tous les habitants de la région, à des kilomètres à la ronde, s'étaient donné rendez-vous pour sa mise en terre. On pleura peu, c'est vrai. Les larmes furent avantageusement remplacées par une légère hilarité et, ce soir-là, les rires et la bière coulèrent à flots à La Truite au Vinaigre.

La tombe de Jérémiah fut violée quelques jours après son enterrement. Les pilleurs furent déconcertés par la profondeur inhabituelle du trou, mais ils se montrèrent persévérants. Chacun d'eux reçut vingt shillings et six pennies et le corps de Jérémiah acheva sa destinée sur une dalle glacée de l'école d'anatomie de la City. Le chirurgien qui lui ouvrit la poitrine eut la surprise de sa vie. Le cœur qu'il extirpa du thorax était si petit qu'il tenait dans un pot de confiture.

La taille de cet organe fit couler beaucoup d'encre. D'éminents médecins et chirurgiens se penchèrent sur la question. Comment un cœur aussi petit pouvait-il alimenter un corps aussi gros ? Certains allèrent jusqu'à prétendre que les Anciens avaient raison quand ils attribuaient la source vitale au foie. Le cœur de Jérémiah participa ainsi aux progrès de la médecine pendant une bonne dizaine d'années.

Jérémiah Ratchet n'avait ni famille ni héritiers. Il fut donc décidé que ses locataires pouvaient prétendre à la propriété de ses biens. Que cela fût légal ou non ne fut pas pris en considération. Il y a parfois de gros avantages à vivre isolés du reste du monde.

Quant à Polly, après la mort de Jérémiah et le départ de Joe et Ludlow, elle n'avait pas grand-chose à gagner à demeurer à Pagus Parvus. Quelques jours plus tard, elle s'embarqua donc sur la carriole de Perigoe et rejoignit la City. La description terrible que Ludlow lui avait faite de cet endroit ne l'avait jamais convaincue.

Note de F. E. Higgins

Ainsi finit l'histoire de Joe Zabbidou et de Ludlow Fitch. Et n'oublions pas Saluki, sans laquelle le destin des grenouilles n'aurait jamais été aussi réjouissant.

Ce n'est pas la fin de leurs aventures, bien sûr. Où se sont rendus ensuite Joe et Ludlow ? Quel village, quelle bourgade, quelle ville a été l'hôte du prêteur sur gages et de son apprenti ? J'ai tourné et retourné ces questions cent fois dans ma tête. Je me devais de trouver les réponses. C'est dans ce dessein que j'ai parcouru ce pays de fond en comble, jusqu'au cœur des montagnes du Nord. Et puis, un jour, je suis arrivée dans un petit village appelé Pachspass. En entendant ce nom, j'ai ressenti une grande excitation. Si vous le prononcez lentement et d'une certaine façon, il rappelle étrangement la sonorité de Pagus Parvus.

J'y ai loué le dernier étage d'une grande maison dont les fenêtres à petits carreaux surplombent la rue principale, très pentue. Chaque nuit, je me poste derrière l'une de ces ouvertures. Je me plais à imaginer que j'entends des pas dehors et qu'une lumière brille en haut du village. Un mois a passé et j'y suis toujours, bloquée par la neige. La beauté de ces étendues immaculées me fascine, mais elle me contrarie également car ces intempéries retardent la poursuite de mon voyage. Je reprendrai la route dès que possible pour dénouer les fils de ces mystères. Prenons la jambe de bois, par exemple : elle ne m'a pas encore livré son secret mais je sais que je n'ai jamais été aussi près de le percer.

Alors souhaitez-moi bonne chance pour la suite de mon périple. De mon côté, je vous promets que, quoi que j'apprenne, je ne manquerai pas de vous tenir informés.

En attendant, comme dirait Joe, *vincit qui patitur*.

F. E. Higgins
Pachspass

Annexes

À propos des pilleurs de cadavres

Obadiah n'était pas le seul à exercer la macabre activité de pilleur de cadavres. C'était une pratique assez courante à cette époque. Elle se répandit même au point que, parfois, on payait des gardes pour s'assurer que les défunts fraîchement ensevelis restent bien sous terre. Si le commun des mortels se préoccupait surtout de sa survie et donc se souciait assez peu de ses sécrétions internes, ce sujet passionnait en revanche bon nombre de médecins et de scientifiques, curieux des mystères du corps humain. Ils devinaient que, pour percer les secrets des os et de la chair, la seule solution était de mener une enquête interne.

Un corps vivant ne permettait bien sûr qu'une investigation très superficielle. Toute inspection poussée et donc profonde nécessitait de disposer d'un cadavre. Or, la loi précisait que seuls les corps de criminels pouvaient être utilisés à de telles fins et l'offre était loin de suffire à la demande. C'est ainsi qu'apparut l'activité de pilleur de cadavres. Fournir des corps aux médecins et aux chirurgiens pour qu'ils les dissèquent sous les yeux intrigués de leurs élèves devint alors une « profession » très rémunératrice.

Jérémiah sembla très choqué que ses hommes de main lui proposent d'utiliser Ludlow comme futur cadavre, mais tous n'avaient pas ces réticences. Quelques années plus tard, William Burke et William Hare connurent leur heure de célébrité – et d'infamie ! – pour avoir mis cette idée en pratique. Ils voyaient dans le métier de pilleur de cadavres une magnifique opportunité de gagner de l'argent mais trouvaient que déterrer les corps demandait trop de travail. Ils abandonnèrent donc les cimetières pour se vouer à l'assassinat. La première victime fut un des clients de l'auberge de Hare. Je suppose que le petit déjeuner n'était pas compris.

À propos de la tourte à la viande

Quand les Sourdough prétendaient qu'Horatio farcissait ses tourtes de viande humaine, ils plaisantaient sans doute, mais cette anecdote m'en rappelle une autre, celle d'un homme qui ne plaisantait pas avec la fabrication des tourtes : Sweeney Todd, l'égorgeur de Fleet Street.

Sweeney vivait à Londres, quelques années après qu'Horatio avait exercé le métier de boucher à Pagus Parvus. Abandonné par ses parents dès le plus jeune âge, Sweeney s'engagea comme apprenti chez un certain John Crook, un fabricant de lames qui lança la mode, entre autres articles, du rasoir. Il est probable que Crook força Sweeney à voler pour son compte, par une sorte d'arrangement assez inhabituel entre un maître et son employé, tant et si bien que ce dernier se retrouva vite entre les quatre murs de la prison de Newgate. Sweeney, qui avait développé un instinct de conservation hors du commun, parvint à persuader le barbier de la prison, qui rasait les prisonniers avant leur exécution, de le prendre comme apprenti savonneur. Il apprécia ce travail qui permettait d'exercer en même temps celui de pickpocket. Quand Sweeney sortit de Newgate, il était fin prêt à donner toute sa mesure à sa disposition pour l'assassinat et donc à conquérir une place de choix dans l'histoire du crime.

Il s'installa comme barbier dans Fleet Street, un lieu insalubre à cette époque, et il donna libre cours à ses envies meurtrières. Aux dires de tous, il suffisait de s'asseoir dans le fauteuil de Sweeney pour sceller son propre sort. Un levier lui permettait de faire basculer le fauteuil dans le sous-sol et de le remplacer immédiatement par un siège vide. Quant à savoir si Sweeney volait et coupait la gorge de ses clients avant ou après les avoir envoyés dans le sous-sol, c'est un point qui n'a jamais été élucidé. Ce qui est certain en revanche, c'est que si vous entriez chez lui, vous n'aviez aucune garantie d'en ressortir vivant.

La principale question qui préoccupe ce genre de meurtrier est : comment se débarrasser des corps ? Là encore, Sweeney avait de la chance. Son magasin avait été construit à l'emplacement d'une ancienne église qui donnait sur une multitude de tunnels et de catacombes. Un de ces tunnels menait notamment, un peu plus loin dans la rue, au sous-sol d'une de ses complices, une certaine madame Lovett. Cette madame Lovett tenait elle aussi un magasin dans Fleet Street.

Une boucherie, spécialisée dans la fabrication de tourtes à la viande.

Elle et Sweeney conclurent un arrangement qui sembla leur apporter les plus grandes satisfactions. Sweeney avait enfin la réponse à son problème de cadavres. Quant à madame Lovett, eh bien, il suffira de dire que ses tourtes conquirent une belle clientèle d'amateurs qui appréciaient leur abondance de viande et leur qualité gustative.

On peut légitimement supposer que, si Sweeney avait habité Pagus Parvus, il aurait fini par aller frapper à la porte de Joe. Sa confession aurait alors certainement fait de l'ombre à celle d'Horatio.

À propos des enterrés vivants

Vous vous souvenez peut-être que, dans la confession du fabricant de cercueils, Septimus Stern raconte l'histoire d'un jeune homme enterré vivant et découvert trop tardivement par sa famille.

On peut se poser la question de savoir si ce genre d'erreur était fréquent à l'époque de Ludlow. Après tout, les connaissances étaient loin d'être ce qu'elles sont aujourd'hui et il n'était pas aussi évident de déterminer la mort avec certitude. Un certain comte Karnice-Karnicki, bien vivant dans les années 1800, avait si peu confiance dans les médecins qu'il dessina un dispositif pour lui permettre d'être secouru s'il était enterré vivant. Comme dans l'histoire de Septimus, il s'agissait d'un tube reliant le cercueil à la surface. Mais, dans son cas, le dispositif prévoyait qu'au moindre mouvement respiratoire, le souffle actionnerait une sonnette et déclencherait la sortie d'un drapeau au niveau du sol.

Le comte ne fut pas le seul à craindre ce genre de mésaventure. À peu près à la même époque, un certain Martin Sheets dessina sa propre tombe et y inclut un système téléphonique pour appeler au secours en cas de besoin.

À propos des arracheurs de dents

Il est impossible de terminer sans faire mention de Barton Gumbroot, le fameux chirurgien dentiste d'Old Goat Alley. La carie dentaire était un sérieux problème à l'époque de Ludlow et les dentistes étaient à la fois moins sophistiqués et beaucoup plus brutaux qu'aujourd'hui. On utilisait pour fabriquer les fausses dents des matériaux de diverses provenances : dents d'hippopotame ou de morse, ivoire d'éléphant et, bien sûr, dents humaines. Il était également possible de se faire transplanter une dent (ainsi que Ludlow le découvrit). La réussite de l'opération dépendait alors du délai entre l'extraction et la transplantation. Plus ce temps était réduit, meilleures étaient les chances de reprise de la racine dans la gencive. La misère était telle alors que certains vendaient leurs dents pour en retirer un peu d'argent, mais, malheureusement pour Ludlow, des praticiens peu scrupuleux comme Barton Gumbroot n'attendaient pas toujours que des volontaires se présentent. Jérémiah, lui aussi, avait songé à vendre les dents des cadavres qu'il déterrait, mais – et cela ne surprendra personne – celles-ci n'avaient aucune chance de reprendre racine.

Cet ouvrage a été imprimé par

FIRMIN DIDOT
GROUPE CPI

Mesnil-sur-l'Estrée

pour le compte des Éditions Pocket Jeunesse
en mars 2008

Cet ouvrage a été composé par
PCA – 44400 REZE

POCKET jeunesse
12, avenue d'Italie
75627 PARIS Cedex 13

N° d'impression : 88018
Dépôt légal : mars 2008
Imprimé en France